也
斯
作
品

启真馆 出品

烦恼娃娃的旅程

也 斯

ZHEJIANG UNIVERSITY PRESS
浙江大学出版社

图书在版编目（CIP）数据

烦恼娃娃的旅程 / 也斯著 . —杭州：浙江大学
出版社，2016.9
ISBN 978-7-308-16146-6

Ⅰ.①烦… Ⅱ.①也… Ⅲ.①长篇小说－中国－当代
Ⅳ.①I247.5

中国版本图书馆CIP数据核字（2016）第204952号

本书中文简体版由作者家属授权出版

烦恼娃娃的旅程

也斯 著

策　　划	王 雪	
责任编辑	王志毅	
装帧设计	蔡立国	
出版发行	浙江大学出版社	
	（杭州天目山路148号 邮政编码310007）	
	（网址：http:// www.zjupress.com）	
制　　作	北京大观世纪文化传媒有限公司	
印　　刷	北京中科印刷有限公司	
开　　本	880mm×1230mm　1/32	
印　　张	9	
字　　数	156千	
版 印 次	2016年9月第1版　2016年9月第1次印刷	
书　　号	ISBN 978-7-308-16146-6	
定　　价	49.00元	

目　录

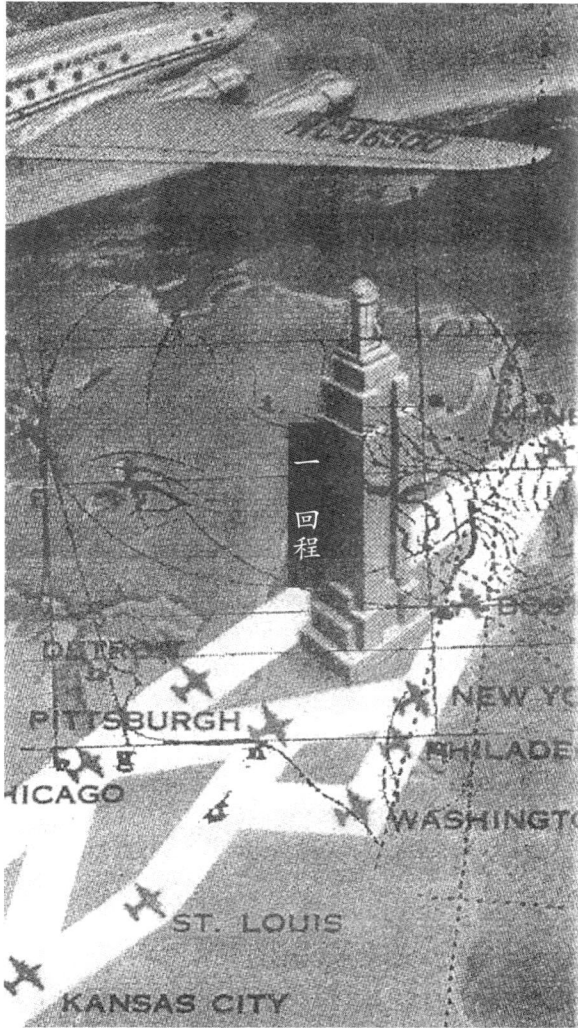

一
回
程

回来，又坐在同一张桌前，拿起笔来。

我刚在外面度过一段长长的日子，回到香港来。我打开日报，走在路上，遇见朋友。我感到置身在亲友间那种放松而没有顾忌的气氛，我又感到像一个陌生人面对某些敌意的刺痛。我想解释，口里说不出话来。我拿起笔，纸上出现了回程所见的事物。

回来发觉许多事其实已经改变了，所以有许多话想说清楚。比如对外国社会文化的感受，对香港现况和风气的担忧。心里有许多故事，希望一一写出来。但最深的感受，未必可以一下子说出口，真正的忧虑，不是那么容易来到嘴边。拿起笔来，反而是比较简单的一段记游，只是间接而不是直接地涉及自己一直想的问题。

旧金山、纽约和巴黎，认识的人都去过了。为什么还想追记下来？大概是因为，那些地方遇见的人事隐约对我有某种意义；不是我一直思索的，也不是我已经清楚的，而是我想通过文字反省而会变得清晰的某些东西。这是关于两个人背着沉重的行囊（里面包括三盒十八个危地马拉烦恼娃娃）去探访三位旧朋友的一次旅程。一次匆促决定、没有详细阅读资料的旅程。一段已然过去、逐渐成为记忆的旅程。一段可以记下来，正在记下来的旅程。

但我记得多少呢？记忆与幻想已经混淆了，我已分不清真假。我会小心，不要用文字来歪曲或伤害真实的人物；我会小心，不要轻浮地出卖一个地方，撇撇嘴否定一条街道。我会沿着格子走到没去过的地方。不过，我的文字能走多远呢？能走到我要去的地方吗？结果会走到哪里去呢？

现实的旅程过去了，现在是文字的旅程。这是我的回程，我需要这一段旅程，帮助我回来。

大家
百
花
二 烦恼娃娃

一九八二年十二月七日，在凌晨四时醒来并且想到把这一切记下来。这是在巴黎，蒙马特尔（我瞥见橱窗中模糊的罗特列克画作复印在杯子上，但那时我们正在匆忙找一个地址，没有时间停下脚步）莱布尼茨路附近一间小旅馆中。不是关于巴黎的风景速写，而是关于新见和失去的事物，时间在朋友和我们自己身上造成的转变。这一切感觉源于一张红叶蓝花的地毯在一日不同时刻的诸种样貌。当我们白天推门进入那幢大厦，我们看见美丽的地毯整齐地铺在楼梯中央，蜿蜒爬上六层楼，随着那些紧闭的门后法国家庭烹饪的香味，一同在七楼消失了踪影。但当我们在夜晚爬上楼梯，就只在黑暗中感到触角的柔软物质，走到顶楼就没有了。没有地毯的七楼是冷硬的，白日所见房前的盆栽现在只是黑暗中隐约的尖刺，头上小小的天窗也不能照明我们站立的地点。我摸索触及日间留下插在门缝的字条，明白我们的朋友还未回来。我突然有一个感觉，仿佛我曾经来过，做过同样的事，在一个我已记不起来的时刻。

然后当我们在附近的小馆子进食并且喝了红酒，当我们沿着地图的指示走向比较繁华的区域，想象哪儿是圣心教堂，有哪些长长的梯阶，两旁摆起画架的艺术家（**不，你错了，在晚上他们是不在那里的**），还有声音嘈杂的热闹的摊档，逐渐成为不过是旅游手册上的公式描写，于我们没有切身关系，逐渐离开了我们。另外的感觉逐渐清晰，盘踞在我们心头。担心，不明白为什么与这位朋友失去了联络，忧虑不知有没有发生其他事情。想到已在纽约遇见的那位朋友以及将会在巴黎遇见（**或遇不见？**）的另一位朋友。在深夜的路上我们的脚步逐渐放缓，犹豫地停在红绿灯前，没有穿过斑马线。我们失去了朝蒙马特尔名胜区走去的欲望，又转回来，走过黑暗的小路，觅路走回无名的莱布尼茨路。那幢建筑物顶楼数个瞭望的小窗仍然没有灯火。

莱布尼茨路静悄悄的。路中央一排树木脱落了叶只剩枝丫，在白天看来像一幅尤特里罗的街景，现在在深夜里只剩下黑线的轮廓，冷了也更硬了。时光令它变化，明天早上它会变为柔和吗？路上仍有积水的闪光。今天早上曾经下雨。当我们沿着奥斯曼大街前行，看过圣奥古斯丁教堂以后，在那附近的小巷迷了路，怎样也没法走到凯旋门去。我自认为是看地图的好手，以为应该是出路了，跟着走，但每一次都走回原来的地方。蒙田路的路名又再出现眼前，告诉我们不过是兜了一个圈回到原处。然后雨就落下来了。雨越下越大，使迷路的人疲倦。我们走进路旁一间咖啡馆避雨，唤来大杯的牛奶咖啡。他们在杯子里倒小半杯咖啡，再倾入半杯热奶，热腾腾、美味、芬芳、令人开怀。巴黎的咖啡总是美味的，不管是小杯的黑咖啡，大杯的牛奶咖啡，不管是在大餐厅，或大学的休息室，仿佛他们对日常生活最琐细的事也无法草率廉充。

我记得牛奶咖啡的味道。至于凯旋门，我只记得车厢皮衣和酒的气味。那是在凯旋门附近，两个意大利人在汽车里向我们招手，告诉我们他们刚办完一个服装展览，正打算开车回米兰去，有两袭多余的男女装长身皮外衣，看来适合我们的尺码，愿意免费送给我们。说着他们真的从后座提出两个盛着皮外衣的胶袋，递给我们。我们愕然站在那里，对于这样隆重而无用的馈赠不知如何是好，不知该婉拒，还是该接受陌生人难得的好意然后把礼物转送适合的人。

陌生的意大利人仿如一个乘鹿车经过的圣诞老人，想把胶袋盛着的皮衣越过摇下的车窗递到我手上，我嗅到一阵浓烈的皮革气味，对这突然而来的好意不知如何是好。他们用意大利语交谈，然后他转过头来。"还有一个小问题，"他说，"与这无关的，"他的手拍拍胶袋。"我们现在正开车回去，但昨晚在美心看表演喝香槟，把法郎用光了。不知你们身上可有一点法郎，可以借给我们沿途付点油费？"他说到"一点"的时候，把拇指捏住食指，加强语气。我们乐于效劳，为萍水相逢的异乡人解决难题。"一千法郎就够了！"他说。我们大吃一惊，这才想到这确是一个大的难题。虽然与皮衣无关，我们还是提议他们不如把皮衣收回，拿去变卖，先解决了汽油的问题再说。他们的好意我们心领了。他们又商量了一下。"看来这是唯一的办法了。"我把礼物推回去，感到如释重负，圣诞老人伸出手来跟我握了一下，鹿车驶走了，只余下一座凯旋门。

　　转过去，香榭丽舍大道人山人海，橱窗里是缤纷的礼物。正如巴黎地下铁路处处可见的广告："一千件心头的小东西。"衣服、香水、帽子。一个黄衣女郎扭着腰肢，努起红红的嘴唇。地下铁的一幅广告：一个穿着制服的警察说："我？我从不怕冷的。"他指着胸前制服下露出的羊毛内衣。第一天我们未乘地下铁，只是徒步走，而且还迷了路。拉法勒大百货公司的橱窗五光十色，圣诞节快到了。经过两个陌生的意大利人和皮衣，我们还会相信世界上有无条件好意馈赠世人的圣诞老人吗？这是这篇游记的主题之一。当我凌晨四时醒来，并且想到把这一切记下来。这是在巴黎，蒙马特尔（*不，我的朋友后来更正说这严格来说只是蒙马特尔邻近的区域*）。莱布尼茨路附近一所小旅馆中。我看着床前几头的两盒烦恼娃娃，本来带来送给 D 和 Y

的，不知她们会不会已经不相信礼物，也不相信圣诞老人了？而当然，我必须先在这里对烦恼娃娃的由来交代一下。

还没有拇指和食指那么大的烦恼娃娃，是在加州伯克利领养的。

我们最先听到关于烦恼娃娃的消息，是从《湾区卫报》的某一角落，在墨西哥玩具和危地马拉木偶之间，在泰国求爱竖琴、非洲泥埙和犹如一根怀孕的鱼竿那样的巴西拨铃波琴乐器之间。那是在我心爱的伯克利、色彩缤纷的伯克利。我一次又一次回到那儿的，满是可爱的人事和记忆的伯克利。在早上，我们在大学附近的小路散步，远处的山头有晓雾，教堂旁边一列树：红色、橙色、黄色，叶子轻轻地掉下来，覆在另一片叶子的旁边，仿如从天上掉下来，静静躺在地上。转过弯，一幅彩色壁画露出了裂缝，静静衬托着旁边停车场的车辆，带着对昔日的开放热情的运动的记忆，年轻的反叛的灵幻色彩蒙上汽车的灰尘，静定下来，化入路旁朴素的屋宇和花木。自力更生的创造性的手作工艺，现在零星散布在路旁，更多商业性的摊档，出售皮靴、贝壳或是钥匙扣，把它们淹没了。昔日的嬉皮士今日是褴褛的乞丐，从垃圾箱捡拾烟蒂，或是问路人讨一点零钱。住在电报街供学生住宿的廉价的卡尔登旅店，午夜你听见有人作狼嗥，望出去可以见到路灯下裹着毛毡的一个灰蓝的影子。不过十多二十年的热情没有那么容易完全烧成灰烬，美好的想望也不见得只剩褴褛。偶然，在书店，在咖啡室，在学院的课堂，你仍会看见凝静了的颜色，听见一些声音，说着辽阔的新信息。伯克利已经步入中年，安静了，但我总觉在眉额的疲态底下它仍带着独有的气质。你早上在那儿的小路散步，看着远山上的云雾，看叶子掉下来，从天上掉到地上，你转回去，电报街的书店已开门了，高地书店前面有诗朗诵的消息，通宵的地中海咖啡店是热闹的，在这样的时候，没有什么比一杯热腾腾的卡布奇诺更好了。

"看，烦恼娃娃！"

日后想起，还以为烦恼娃娃是在伯克利孕育成长的了。

烦恼娃娃：六个小娃娃躺在两只张开的手掌上，窝在指缝里，双臂向前张开。那只是一帧黑白照片。第一个印象我们已经爱上烦恼娃娃。是由于对六七十年代加州所代表的反叛性的文学、音乐和生活方式的怀念？是由于十多年来对拉丁美洲文学和风土人情的爱好？是由于对古怪而不合常规的事物惺惺相惜？还是只不过由于我们性格中不成熟的部分？我们忘记仔细讨论。

也许是由于对能够解决烦恼的神秘康复力量所抱的希望，我们出发去找这只"比尔贸易站"。

烦恼娃娃的旅程

寻觅的过程并不容易。学院街的确就在电报街附近，但我们转过去，才发觉那儿是一千号，还要走一千号。就像这旅程中其他日子一样，我们左脚右脚地走前去。走了一会儿，雨便落下来了。就像这旅程中其他日子一样，雨无端地落下来。这不是旅行的季节。W早就在电话中说过："这不是旅行的季节呀！"可是他也说："既然来纽约，为什么不索性从欧洲回港？每处留三个星期就差不多了！"既然不是旅行的季节，又叫我多去一些地方，我的朋友就是这样自相矛盾的。在卢浮宫附近，也有人指着落尽了叶的树对我们说："这不是巴黎最美丽的季节。这不是来巴黎旅行的季节。"可是Y一早约了说要不是来加州探望我们就是我们去巴黎探她，而D，在暑假前的来信中就说："无论如何，见字之后立刻要有来巴黎的打算，并在起程之前给我你们到达的日子，因我早上有工作，有时也会外出。有一个日子，可以专心等你们。"我们喜欢D的语气。而在这封长信的结尾她这样作一个结论："好了，希望尽快见到你们！不要做'和事佬'！此事我比你们清楚。"我们也喜欢尽快见到我们的朋友，我们也许多年没有见面了。所以也不管巴黎的叶子落尽了没有了。我们也知道这不是旅行的季节，当我完成那三篇论文的时候，当我准备口试的时候，当我通过了口试以后匆忙地赶着把书寄回香港的时候，我一直都很清楚这不是旅行的季节，在旧金山，当雨落下来而我们没有雨伞，想着还有好远的路才能找到烦恼娃娃的时候。

走到半途，我们已经浑身湿透了。

没有避雨的地方。有点冷，裤脚黏着，鞋底渗进了水。但我们，淋了雨，去到那里见到危地马拉的手工艺品以后，还觉得这样麻烦的旅程是值得的。

那么颜色鲜明的挂毡！印第安人手织的手工艺！一头牛鲜红的身体，嫩绿的角，粉蓝的蹄。泥造的鸟形和羊形哨子。线袋、外衣、裙子。用一双手制作的东西，想象是大胆的，没有迂腐的空言。一定是有那么强壮的灵魂，才配得上那样的颜色。那个世界里人与人的关系好似是简单的：相爱、进食、一起狩猎。烦恼一定也是最基本的烦恼了？

"烦恼娃娃呢？"

"没有了！"

那两个女子向我们解释。她们店里的烦恼娃娃已经卖光了，她们不知道《卫报》这个星期就介绍出来。"我还没看到呢！"一个说。另一个说："捧着娃娃那双手还是她的手哩！"于是我们把报纸拿出来，让那双手的照片跟它的模特儿见个面。她们一致承认，那双手很上镜。

"烦恼娃娃呢？"

"过两个星期来吧，要再订来。"

但到时我们已经不在了，我们明天飞纽约。在我们旅程的环带中，在加州与拉丁美洲的人事再度相切：墨西哥朋友、拉丁美洲文学教授、蒂华纳小镇、巴西电影，还有种种接近我们的风土人情，现在是烦恼娃娃，总括起我们天真与热情的追寻。

她们把盛娃娃的盒子拿出来，那是差不多两个大拇指加起来那么大小的竹盒，涂鲜黄色，有红色和绿色的螺纹。里面没有娃娃了。只有一张折起来的白纸，写着烦恼娃娃的故事：

> 在危地马拉的土地上，印第安人流传着这个古老的故事。他们说当你有烦恼，就找你的娃娃帮忙……
>
> 把一个娃娃从盒子里拿出来，可以解决一个难题。睡觉以前，把烦恼告诉你的娃娃。等你睡着了，娃娃就会替你解决烦恼。因为盒里只有六个娃娃，所以你每天只可以有六个烦恼。

这正是我们要找的、替我们和我们的朋友解决烦恼的娃娃。但我们明天要离开了。

店里两位女子答应替我们找找，看角落里可有流落下来的娃娃没有。于是，一个一个的，烦恼娃娃登场了，从暧昧的位置，濒于失落与被遗忘的边缘。火柴杆那么粗的身体，纸的脸孔，线缠的衣服，铁丝的双脚，棕红色的裙子，绿色上衣，棕红上衣，锡蓝裤子。每盒规定是三男三女，刚好凑成三盒。我们满心高兴。两位女子祝我们旅途愉快，我们就带着这三队烦恼娃娃，高兴地走入雨中。

傍晚时分，我们打开盒盖，烦恼娃娃靠在窗前，像我们一样，抹干雨渍，吹吹风，眼望前面窗外的世界。是在这时候，我们打电话给在纽约的 W，写明信片给在巴黎的 Y 和 D，告诉他们我们抵达的日期？这些事早该做的。我们没有条理，做事没有好好预先计划，我们的朋友也是一样。烦恼娃娃，可以帮助我们解决烦恼吗？窗外是伯克利，成长而又稚气的都市，荒谬又庄严，吵闹又沉默，仍然对新事物新思想不加排斥。烦恼娃娃围在一起，仿如我们一群朋友。年过三十，还未安定下来，还是不喜欢装腔作势的权威，拍台拍凳的正义感。我们有时说话口吃，面貌看来是容易受人欺骗的那类人，有时对人过度热情，有时还真的上当了。我们不大善于表白自己，不懂那些约定俗成的规矩，我们追寻阔大虚幻的事物。当我们被人误解，我们互相安慰。我们希望替朋友解决烦恼，但每次只能应付一个。每日超过六个烦恼就应付不过来了。

我们的脸孔纸薄，我们的衣服是色线缠卷而成，身体火柴杆那么粗，至于双脚，不过是铁丝。我们总想超越脆弱的质地。放到盒子外面，我们独自摸索，希望替人解决烦恼。有时我们六个一同漂泊在外，不知如何是好。

如果我认识的朋友们现在都在这里，围成一圈，好像眼前这十八个烦恼娃娃，那该多好。

或许因为这是伯克利，使人幻想的地方。这世界仍然年轻，还未被贪婪和仇恨所败坏；同时这世界已不再年轻，已经知道了贪婪和仇恨的问题。这不是虚伪的假装无知，是知道同时存在的两面。伯克利是复杂的，在娃娃脸孔底下有一颗经历幻灭的心。我上一次来伯克利是什么时候？七九年的圣诞节？不，是八〇年暑假当我的朋友 C 夫妇游学美国途经加州的时候，我们一起上伯克利。我想带他们看看过去花童聚集的地方，走过电报街，看陈世骧先生以前办公室所在的杜兰大楼，去吃碗牛肉面，或者到那爿希腊餐厅门前张望张望（**正在切肉的老板就会把一块肉塞进你嘴里**），到可地听丹妮斯·莱维托夫或者罗伯特·邓肯念诗，或者到乐器铺看看非洲和印度的古怪乐器，到伯克利的博物馆看展览，看晚上的苏联电影节，或者旧金山哑剧团的政治剧，或者蹚进伯克利，在图书馆看看，坐在外面跟人聊天。可是他们心不在焉，大家都好像很疲倦的样子。转角处的电影院正在放映《最后的华尔兹》，一出 W 喜欢的电影。

一些我仍然喜欢的人，例如乔妮·米切尔。

我仍然喜欢乔妮·米切尔。但我也知道朋友是转变了。朋友夫妇一直没有说清楚来还是不来，然后突然有一天打电报说什么时候到达洛杉矶机场，署名是 C. C.。

C. C.？他们以为自己是克劳迪娅·卡汀娜？W 后来说我们跑去洛杉矶接机其实是过分宠坏他们了。他们古古怪怪的，不知在搞什么鬼。在旧金山，他们一直在抱怨整天闷在车里。我们的朋友仍然是娃娃，脑袋里疑神疑鬼，要人安慰。他们在四川小馆前面吵架，是在那时开始，我决定不做和事佬的。我明白事情已经跟过去不同了。

我是在怪我的朋友吗？不，我不以为自己比他们好。我们自己，亦是不成熟的。若果更成熟，或许就沉默，什么都不去说它了。或许有一日，我们会变成如此。像一扇有裂隙的古老的墙。但现在，我们仍然喜欢一座拒绝成长的城市。

若果时刻自问：这样带着三盒娃娃去探访朋友，是不是一件幼稚的事，那就根本不去做了。若果时刻自问，写及烦恼娃娃的旅程，是不是一件幼稚的事，那就根本不去写了。

问题是，我们已经有了那样的自觉，又仍然去做。我们已经不是娃娃，又仍然不愿长大。许多事我们已经知道了，只是不愿遵奉。我们宁愿显得幼稚，不愿假作深奥。对于装腔作势的事情，我们看穿外貌，笑破肚皮。但我们不喜欢冷嘲热讽，我们的本性，对尖酸的东西觉得不对胃口。所以有时看来无知，在适当的情况下，也会又再相信一个陌生的圣诞老人。我们有时严肃，有时荒诞；有时麻木，有时温柔。制造我们的料子，既有布也有铁，我们既是这样亦是那样，我们是自相矛盾的。

制造我们的，是一个复杂的地方。不是在高度文明的西方科技世界。我们身上，仍然留着手工艺的粗糙痕迹。她的裙子脱了线，他的臂上有一个线头，而每人背上，有一片白色的硬东西。我想那是一个沉重的包袱，背着走遍天涯。我们情绪化，感情用事，我们处理事情拖泥带水，不能斩钉截铁，把一切抛弃。

我们游离在外面，看到许多事物，但回来又哑口无言。纸脸上画就的嘴巴，无法向一大片空白倾诉。我们因为一些无法言说的事情忧心，我们的头发脱落，不是因为不喜欢桃子的美味或是不看科塔萨尔的小说。我们遇到一些人事，令人心寒，我们高声说话，然后逐渐低沉，或许终会沉默。

我们逐渐不喜欢争辩。只有在真正可以信任的人们之间，我们紧挨着取暖，替彼此解决烦恼。

我们的旅程，经过旧金山，到达纽约，到达巴黎。每一处都有雨天。没有雪。人们恐吓我们说纽约会下雪。人们误传巴黎机场正下雪。结果都没有。我们还遇上阳光。Y 说我们带去了阳光。我们真好运气。

我们离开加州，便听到加州大风雪的消息；我们离开纽约，便听到唐人街轰动的枪杀案；我们离开巴黎，便听到塞纳河水淹的新闻了。灾祸其实一直在伸手可及的范围，我们真好运气。

W 的来信："你们走了一个星期后，这儿便下雪了。知道吗，你们在纽约那几天，是自从一九一六年以来，纽约十二月最暖的纪录。"

十二月，本来不是旅行的季节。我们本来也不肯定的。我们每个人一定也有过倒运的旅程，不愿向人提起的旅程。朋友也会改变的。有些地方改变得那么可怕，以致令你永远也不想再去。三位朋友我们也几年没见了。我们本来也不知会不会遇上雪，结果却遇上阳光。

我们坐在伯克利窗前，与烦恼娃娃一同眺望窗外的世界，听着远处隐约传来的安第斯山的笛子音乐。

我们在纽约四十二街，仰首看摩天高楼。

我们在一所破烂的屋内，看精彩的一幕外外百老汇戏剧。

在巴黎，莱布尼茨路（朋友 D 住所的所在）附近一所小旅馆中，凌晨四时醒来并且想到把一些事记下来。

太阳还未出来，早晨有点冷。不知为什么与 D 和 Y 失去了联络。

我们会遇见他们吗？我们带来的烦恼娃娃，可以替她们解决各自不同的烦恼吗？

　　窗外是朦胧的影子，我所写的仍是模糊而未清晰的事物。现在有满满一大杯牛奶咖啡多好，暖暖的填满我空空的肚子。

　　还有一两个小时才天亮，让我们以想象暖和自己，在空虚黑暗和寒冷中，给彼此说故事。其中自然有过去的经验，分别了这么久，你们还能听见我吗？

　　让我们在叙事的时候，给予自己更大的自由。不要让世故的成见拘束我们。如果你看见突然的跳跃和移换的观点，如果你看见不连贯的背景和时序，你愿意了解那是由于什么吗？你是否认为十二个字以上的句子就是太长？你是否痛恨描写，讨厌下雨天，并且一旦迷路就撇撇嘴表示不耐烦？如果不是，如果你有耐性，你总可以听见我的。从五色斑斓的事物走向内心的旅程是如此漫长。如果你愿意，当我说我们的时候，其实就是包括你了。

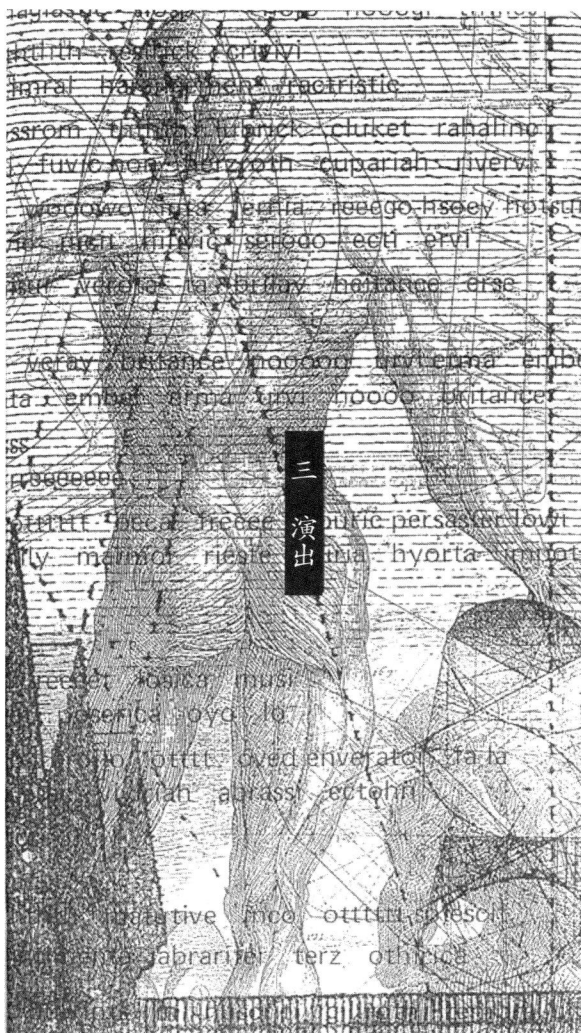

三
演
出

开始的时候，幕已经拉开了。舞台上竖着几个巨大的彩色木偶，是抱着孩子的母亲。它们随着音乐，缓缓向左右两边摇摆，仿如中世纪宗教剧。这些巨大的母亲，缓缓向两边摇摆，分别从两边摇出舞台外。

下一场，两个扎在一起的木偶，突然劈开，诞生了狗脸的人。倾斜的人便是这样诞生的。

这是一个奇怪的信息。国王躺在病榻上把信息密告一位使者。使者把信息带来给你。但他在向你走来的途中迷失了。

我们从纽约现代美术博物馆出来，看见木板后面正在修建的园子。雕塑花园正在扩建，我们来得不巧，博物馆只开放西翼，整个扩建工程要等明年才能完成。W说放雕塑品的花园是美丽的。现在我们只能透过木板看那凌乱的园子，想象它过去和将来的样貌。纽约既凌乱又破烂，但是也丰富多姿。纽约是一座不断拆建的博物馆，灰尘碎石和木屑间有明媚的记忆，又答允你一个全新的明天。纽约是杰克逊·波洛克的绘画，满溢的精力没处发泄，把画布当作行动的斗牛场。纽约是威廉·德·库宁，混乱的笔触中隐现亮丽的市景和妇人。或者纽约是拉里·里夫斯，从破碎的日常生活中拼贴出幽默和抒情来。我想到诗人阿什伯里和奥哈拉，教我当代美国诗的教授、诗人迈克尔·戴维森，知道我要途经纽约，告诉我他的经验："路上到处是诗人写过的地方。你在路上走，然后你就会碰见这个或那个人走下来，跟你打个招呼。"没有人走下来跟我打招呼，我也没带阿什伯里或奥哈拉的诗集游纽约。我只是透过木板看凌乱的园子，忖想古怪的比喻。而我知道，不管我与 N 或 W 怎样乱说纽约，到头来还是会说回香港的经验，好像在纵横的路上左拐右转，不知怎的还是回到原来的地方。

我们在路口停下来，W 问我们还想去什么地方。N 提议去原始艺术博物馆，于是我们便按她书上的地址寻去。沿途我在向 W 推荐奥哈拉的诗，他说没看过，但我想他会喜欢的。N 并不讨厌奥哈拉，但她更沉迷于原始艺术，她喜欢厚重、原始、童稚的东西，她写的故事也带着那样的味道。她记忆中的香港有古老的铜壶、磨芝麻糊的沙盆、可以躲藏在里面的盛米的麻包袋、潮州蒸鹅和白兰花的香气、宽大的父亲和慈爱的白发母亲，一些就这样走在香港街头根本不敢相信仍然存在的人和事。

我们知道这些不同的世界同时存在。我在黄竹坑一个乡下家庭长大，读了整所铁屋里父母从内地带来的旧书，长大后却喜欢西方当代的文学和电影。W 也是来自上环的一个旧式的经营茶叶生意的家庭，也是在香港受教育，逐渐却迷上了西方现代戏剧。他在洛杉矶念过一年新闻，回到香港以后，跟朋友一起搞戏剧，他翻译、编剧、导演。他告诉过我：有一段时间，他上午去帮现代舞排舞，下午在茶叶铺卖茶叶，他一点也不觉得有什么不协调，他觉得刚好，两者刚好互相平衡。也许我们都学习在各种矛盾之间寻找平衡吧。

未认识他以前，我已经看过他早期一个剧作《龙舞》，混合神话和诗、舞蹈与民谣的形式，演出一个村子里的村民对龙的敬畏与恐惧、节日的庆祝与欢愉，我看了觉得十分兴奋。我觉得那是七〇年代初香港最好的戏剧之一，未认识他以前，我一定已经介绍过他的戏，并且为它的被忽略抱不平了。而联系我们，即使在未相识以前已可相通的，恐怕便是七〇年代那时一种对香港固有的保守文艺和思想形态的不满，以及对新事物的朦胧的期待吧。

W 和我认识在一个与戏剧无关的场合。虽然喜爱新锐前卫的戏剧，人却是温和的。他是我所见少有的善良的人，既开放又念旧，是难得的朋友。他曾在大会堂文化署工作，早年曾引入玛莎·葛兰姆等人的演出，但这工作就像其他工作，也做不长久。我们相隔不久就会在不同场合碰头，有时也有机会合作一点什么，有时做了又感到徒劳，觉得好像总没法改变大的气候。

"布莱希特的译诗有录音带留下来吗？"说了一大堆奥哈拉以后，我发现自己又回到几年前问过的一个问题。"没有了。什么都没有留下来了！"W 好脾气但不失捉狭地说。他今日就是喜欢强调与昔日在香港做过的事情没有关联，书和杂志都送了人，资料都没有保存，"堆在那里有什么意思呢？"他不止一次这样说。我想我可以理解他的心情，但我对译诗那次演出这样变得无影无踪心里总是觉得有点舍不得。

一九七八年我离港前，曾经跟他和一群朋友合作用粤语翻译布莱希特的诗作，准备作演出之用。之前我曾经看过不少大学实验剧团演出的布莱希特，尤其在看了《三毛钱歌剧》以后，特别想到粤语运用的问题。香港剧坛过去主要受白话剧的影响，搬演五四的话剧名著，或者前辈的剧作时，用的往往是一种比较文雅、比较白话化的粤语。而六七十年代大学实验剧团等用口语化的粤语翻译西方戏剧，对于建立本地化的戏剧和口语其实有一定的功劳。但就《三毛钱歌剧》等来看，粤语却似是擅长翻译粗俗佻皮的部分，歌词或对话中某些诗意温柔的部分只能用英文了。这不禁令我想到：我们可不可以通过翻译来搓捏粤语，试看它的可能，既可以是粗俗也可以是诗意的？

我记得跟 W 讨论过这个问题。我当时的想法亦是由于一些台湾作者在香港大谈"纯粹中文"，以及一些语文教师谈文艺时老强调"不合语文规律"的说法。在这些讨论中，粤语都被强调为次等、粗鄙、难登大雅之堂的东西，当然，电视和当时流行曲词对粤语的应用也是在证实这种说法。我倒是想，我们是否可以解除这些偏见，恢复或建立这方言的各种沟通的能力呢？

我提议用粤语去试译布莱希特的诗，去试塑其中较诗意又粗俗的各种可能。没多久 W 就找来了一群对戏剧和翻译有兴趣的朋友，大家一起做这件事了。在这人或那人家中见面，把各自译好的片段推敲，一起对我们日用的语言重新搓塑，把各种偏见弄得歪斜了的方言推敲令它两边摇动，试探它的活力和弹性，那过程是难忘的。合作完以后我就到美国去。《我，贝托尔·布莱希特》在艺术中心演出了，似乎没有什么反应。后来 W 给我寄过一盒录音带，录音做得不好，完全听不清楚，只听见一些沙哑的咕哝，朦胧地隔着一幅空间努力在说清楚某些事情。

W 在七九年去看爱丁堡戏剧节，去纽约看戏和访友，十月间也来了加州探望我们。问起那次演出，他说没有什么反应。问起有没有较好的录音，他还答应回去再找找。我印象中他当时对在香港搞戏剧好像还不是像现在这样意兴阑珊。我记得有一晚，当时画画的 P 也在，我们围坐地板上，一起谈到他计划中的新剧《长征》。他说得兴起，站起来挥动双手，仿佛指向远处一个新的起点。我们对他这计划都很兴奋，希望他回港后把它排出来。

他回港后寄过几张明信片来，我们知道他去了日本旅行，还未找到工作，打打球，后来就替家里卖茶叶。这之后我们辗转知道他与人搞过几个戏，但我们都没有机会看到。直到今年收到他的信，才知道他又回到美国，在纽约大学读戏剧。问起香港的剧坛，他都说不知道，没联络了。我对他这几年演戏的经历都不清楚，问他也不得要领。他只是说我们若是回程经过纽约，可以住在他那里，大家聊聊。

我们在早上七时抵达肯尼迪机场，打电话给 W。他教我们乘肯尼迪快车入城，在华盛顿广场下车，再转车往东四及 A 街。他住在东四街。他告诉我们，租来后花了好几个星期鬃漆，把一切鬃成白色，才勉强变成可住的地方。厨房的地板是倾斜的，所有用具都从朋友那儿借来。就像我们在外面居住的地方，一切都是短暂的过渡，都不长久。但这儿其实不错，上学和看戏都很方便。晚上把床上一张床褥拉下来，刚好放满地板，就是我们睡觉的地方。熄了灯，还可以谈到深夜。

我们放下行李，在这白色的房间里。白色的关起来的窗贴上"面包与木偶"剧团红白两色的木刻海报。向上推开窗子，看见外面一棵落尽了叶子的树。灰棕的枝丫指向灰白的天空。W 说这几天觉得特别明亮，后来才想起是由于窗前的树叶落尽了。

　　　　　　　　　　　　　　烦恼娃娃的旅程

我们有好几年没见面了。七九年见面以后，断断续续也有联络，但却没有深谈。我几年来都在念书，现在可以告一段落，自然想看看朋友，想知道他这几年做了些什么，现在正在做什么。要谈的事太多，一时竟不知从何说起。现在彼此的处境刚好倒过来，我的功课刚松一口气，又轮到他忙碌。昨日刚交了一篇论文，两星期后又要交另外两篇。

他中午约了一位导演朋友打球。那位朋友也来自香港，曾经在香港电视台工作过，已经移民来美，最近用二万多美元的低成本拍了一出电影。电影我刚在加州看过，拍得相当不错。故事骨干是两个出租车司机追寻一个失踪的移民，引出华埠种种参差的生活态度。电影是黑白片，构思很新鲜，好似向过去的侦探片致意，但也反驳了好莱坞电影中过去的华人形象。如陈查理之类的角色，在这里就失踪了。来自香港的这位导演反省种种滥调，提出新的思考：今日的海外华人形象到底是怎样的？说到这里，W 说他有另一位美籍华人的朋友，编了不少剧本，都是以海外华人为题材，其中有些颇成功。他说其中有一出以新移民为题材的，剧中两个现代男女坐在咖啡室谈话，突然跳接回到关公和花木兰的戏剧。我边听边想：这一切如何连接起来呢？这美国当前的现实，与那遥远的京剧和传说中的中国？

我们叫 W 不要改变原来的计划，我们接过地图，就到外面逛街，大家约定晚上一起去看"面包与木偶"的戏。黄昏时分，我们逛完格林威治村和苏豪回来，W 也回来了。他说本来要再出去一趟，因为学校有人叫他去看一出短片，后来他问："你们要不要一起来？"我们无所谓。于是他拿起一把大伞，三个人匆匆忙忙跑回学校。纽大校舍就在市区，我们跑来跑去，经过洗衣铺和花店，他也弄不清楚电影试片到底在哪座建筑物。推门进去，W 给我们介绍彼得和一个女孩子，说我们是"两个来自加州的朋友"。那女孩子很客气，衣着时髦，有卷曲的眼睫毛，我起初以为她是在美国长大的华人，后来才知道不是。她说："我不知有贵宾光临……"吓得我们两个傻瓜一样站在那里，嗫嚅说："希望你不介意。"她去后面兜了一圈，回来说试片间没空，要改天才可放映。彼得本来说要跟我们一起晚上去看"面包与木偶"，后来改变了主意，只是上去 W 家里坐了一会。谈起来彼得说到他们近日讨论的问题是：这世界没有意识还有没有物事？这真是个有趣的问题，可惜我昨天通宵收拾杂物，又坐了早班飞机，这时已经有点恹恹欲睡，对于抽象的问题，脑筋一时也没法转过来了。

在朦朦胧胧之间，我好像以为自己没有了主观的意识，无法投射在眼前所见的世界上。所有人事，都像走马灯一样在前面回转：他们好似都像我们般来自一个倾斜的地方，现在正向前行走。我想了解多点：那位导演，他下一出打算开拍的是怎样的电影？那位剧作者，我们可以看到他作品的录像带吗？那个女孩子，我们还有机会看到她的短片？至于彼得，他除了哲学还对其他问题感兴趣吗？重重叠叠的人影，在我眼前闪过去。我背着一个重重的包袱，里面不知是我的意识还是未洗的旧衣服，正在寻找一个人，额头恢宏，像活水渟蓄一样和蔼可亲，像岛屿翕郁一样气宇安定，宽大开朗而快乐，从迂腐和偏见中挣脱出来的一个人。我走过纽约简陋的小剧场、巴黎堆满画布的阁楼走廊，又回到香港的陋巷中踽踽前行……啪的一声，我手中的事物掉到地上，我醒过来了。

去看"面包与木偶"吧。

当然，看戏之前，在一爿犹太小馆，看着墙上的电影海报，从犹太人和戏剧的关系谈起——或者当我们走近小剧院，停在路上的围观的人们旁边听剧团成员吹奏音乐——或者当我们站在阴暗的梯角，等待入场——或者当我们散场出来，走出简陋的剧场，走入深夜肮脏狭隘的街头——或者当我们在地板倾斜的厨房喝汤，抬头看见墙上的戏剧海报——或者在晚上，熄灯以后，躺在地板上在黑暗中继续谈天，除了谈到这些新戏剧，谈到他目前念的书，我自然也零星问了他过去几年在香港搞戏剧的情况。

我陆续知道多一点他做过的事、他参与过的戏剧，都是我在海外阅读香港报刊没法知道的。起先我觉得外地对香港的报道有失公允，后来发觉香港的报刊对香港艺文的情况也充满错漏。好的作品没人提及，专栏里充满轻率的意见，貌似全面的概论充满主观的褒贬，对事的评价越来越混乱了。不是政治的检查，是经济利益为尊，是私心和关系作祟。有许多人，像 W，默默做事的，不但被人遗忘，做的事被人忽略，甚至可以随意在所谓戏剧的历史和研讨上被歪曲了。只有我们这些认识他的人，才会记得别人遗忘了的，想了解他的发展。最使我惊讶的是（因为之前没听人提过，也没读到任何反应），他在加州时提到的、他一直想搞的一个政治剧，原来已经演出了。那对他来说，一定是一个非常不愉快的经验。我问起，他说："我宁愿不谈。"我尊重他的意思，没有再追问下去了。我隐约感到，他想在香港做的事，不能实行出来，或者没有获得接受，或者是合作的过程令他心灰意冷。某些事，在他身上留下痕迹，仍然发生影响。我没有追问。我们一起穿过摆满海报的大堂，走入小剧院，看"面包与木偶"的新剧。

　　小剧院破旧得不得了。我们坐在第二排，可以看见第一排的椅子紧贴着舞台，已经全部破烂得不能坐了。纽约有趣的是，你总可以在这样破破烂烂的地方，找到扎实创新的东西。"面包与木偶"其实也不常在剧场里演，它过去不少演出都在室外，变成街道上的巡游队伍，或者农场里的马戏班。

W告诉我这剧团其实在一九七〇年以后已经搬离纽约市，后来甚至解散了原来的剧团，住在佛蒙特一个农场里，养牲口、种田、造糖浆。他们每隔不久会邀请其他对戏剧有兴趣的人，到农场去跟他们合作。香港也有搞戏剧的朋友到他们的农场去过。过去多年，每年夏天，他们在佛蒙特农场办一个马戏班，他们过去的团员从各地回来，一起制面具、造木偶、作音乐、说故事，合作综合的演出。剧团的创办人彼得·舒曼是个艺术家，他们的演出里，美术和音乐占了很重的位置。他们的海报都是美丽的木刻版画。"面包与木偶"这名字，代表了他们朴素的理想。舒曼认为戏剧应该是像面包一样基本的东西。听说以前每次演完戏，他们都跟观众分享自己磨面粉烤的黑面包。至于木偶，也是他们的特色，有各种大小的面具、木偶和布偶，演出哑剧、音乐和戏剧，适合各种年龄的观众。团员衣着朴素、平实可亲。面包与木偶，也就是生活与艺术，两者抹去界线，台上台下仿佛可以更好地来往沟通。

一开始，舞台上竖着几个巨大的彩色木偶，是抱着孩子的母亲。它们随着音乐，缓缓向左右两边摇摆，仿如中世纪宗教剧。这些巨大的母亲，缓缓向两边摇摆，分别从两边摇出舞台外。

下一场，两个扎成一团的木偶，突然劈开，诞生了狗脸的人。倾斜的人就是这样诞生的。

倾斜的人就是这样诞生的，他是从天上掉下来的人，他是掉到地上的狗。为什么叫作倾斜的人？大概是因为，这世界本身变得倾侧，所以单纯的一个普通人，也看来倾斜了。

有那么一个人

他不狂乱也不驯服

不矮小也不高大

他脑袋里有忧伤足尖上带着欢乐

他看着这世界被这世界灼伤

他害怕各位首长

并不比别人多并不比别人少

带着爱带着谨慎地喝他的豆汤

主角穿一袭陈旧的西装，背后有一双纸糊的翅膀。唱歌的时候，他扯动身前的线扣，背后的翅膀一下一下扇动。他的脚在地上踏着节拍，他一面摇响手鼓，一面翻出板上绘画的图画和诗句。台前右方高出来的厢座里，一个演员吹奏乐器应和他。

他脑袋里有忧伤足尖上带着欢乐

······

他要面包不要死亡要火不要黑烟

　　整出戏是一个一个片段，这些片段是倾斜的人在世上的遭遇，点缀着他自己的奏乐和念诗，仿如古典戏剧中的咏唱。布偶从咖啡壶翻出来，木偶从墙上的木盒中爬出来，荒诞、滑稽、悲哀、动人，邀请观众用新的眼光去观看这个已经被看成定型的世界。倾斜的人从世俗眼光看来是失意的卑微者，但他一样歌唱，自得其乐。

　　深夜我们坐在 W 的厨房继续谈天。W 站起来，举起右手，然后俯首，好像向远方无名的物事致敬。他用右手触地，口里唱着："慈恩——晏奴——度——梳里达——"好像教堂里的神父唱拉丁文的祷文，一边在这狭小的厨房中走前去。他面容虔敬，为了发音响亮，故意把西班牙文的"仙恩"念成"慈恩"，声音悠扬动听。我没想到我们喜爱的加西亚·马尔克斯的书名，可以产生这么生动的戏剧效果。我到现在还未看到他们这剧的录像带，但这晚上，看着 W 的举手的手势，听着他呼唤的声音，尽管他没有详细解释，我却隐约感觉到他离港前与一群年轻朋友合作这剧的意义。

这新剧也似乎没有什么好反应。一位剧坛前辈说:"你们以为这就很新吗?"W觉得很奇怪,为什么有这样的误解,他的做法本不在标新。我想到他近年在香港搞戏剧尝试的东西,例如打破单线叙述的故事情节,重视多面的发展和关联;取消煽情的高潮和定型的人物,把注意力平均分布于构图和动作的连绵与变化造成的节奏;活用演出环境、刺激观众参与,希望他们打破麻木的定见,这何尝不是在寻找一种更有效的方法来表达他在香港这时空中的意见呢?

他举首远瞻,向遥远的时空吟唱他的仰望。但总有那奇怪的反应:"你们以为这就很新吗?"呼唤没有结果,刺激没有反应。一切还是老样子。不同的一个个圈子,筑起密封的保护网。许多淤积的误解,许多过敏的围墙。

W伸出双手,告诉我们他剧中的一幕:男女演员站在一个一个白漆木框里。观众在四周闲荡,听着框里人说话,说的都是简单的意见,比方"我赞成"、"我反对"、"我同意"、"你唔同意"、"我唔同意"、"你同意"。每个人站在框框内重复说话。框中人在做简单的动作,动作的节奏逐渐加快。对白变成节奏的一部分,有时仿佛有意思,有时仿佛只是无意义的声音。有人在说:"喺呢个框框里———面,我能够话畀自己听嘅,就系咁多。"有人喊:"点解要咁样?"有人在大叫:"香港点解要讨论？香港有冇需要知道？有乜理由要香港去谂呢？"

我是第一次听到。这些事，就像香港许多别的事，翌日就被忘记了。我尝试记住一些细节：官式的广播、点烛的仪式、操列的队伍、紧张的气氛、衣服底下露出的红衣。一个剧演完，就离开舞台，只存在人们的脑海中。香港是没有什么记忆的，香港是一座失忆的城市。但我仍想记下细节，希望有一日能令失忆的人重新记忆。

我知道，若果我在香港记下一场前卫的演出，那是双重的荒谬。香港并不鼓励人去记忆。而前卫的演出，因为不依赖剧本，因为强调即兴、强调参与者的冲击，也不重视文字的记录。

所以当我问："我们当年针对金禧事件演的《河伯娶妻》，其实有没有一个剧本留下来？"问完了自己也觉得问得傻。正如我每次问："布莱希特的译诗有录音带留下来吗？"W有时忍不住笑起来，有时则好脾气但不失捉狭地说："没有了。什么都没有留下来了！"

但现在当我读到香港报上年轻的戏剧工作者轻率地说香港过去很少演布莱希特，或者一口否定翻译剧的意义，随便抹杀过去二三十年人们做过的事情，我总不禁生气。但若果我在这儿大叫："真是一个失忆的城市！"W却无动于衷，他表示已经对这城市死了心，再也不会生气了。

我还生气。也许不仅是对别人，也对自己。我对《河伯娶妻》的演出，也开始记不清楚了。金禧事件发生后，我们都同情静坐的学生，我们的刊物做过采访，也约过师生来谈话，做过专辑。演出是 W 发起和导演的，就在皇后码头附近的空地上。我只记得我们排成长龙，一个接一个，被权威所支使，最后反过来，把权威投进河伯汹涌的怀里。谁又知道，金禧事件结果会发展成那样呢？

我担心的正是这样：记得概括的意念，却把具体的细节忘记了。我想记下 W 的种种，是为了要为他立传吗？不是的，我只是想提醒自己，不要忘记了那些细节。

我记得，有一次，翻译完布莱希特出来，已经是深夜，W 和我乘车至中环转车。结果我们在富丽华酒店的咖啡室坐下来，继续未完的谈话，直至凌晨。我们谈到在香港工作的限制，尤其是搞戏剧的问题。他正与一个剧团的成员，每周练习一次，由基本的身体动作做起。

"在日常生活里，如果突然对面有个人把手搭到你肩膀上——"他说着突然把手搭到我的肩膀上。"——你一定会闪开。"

他猜错了，我没有闪开。他微微惊奇。我知道他想说的是什么。但我们那时对人更多信心，对一个陌生人的接触也不闪避。

我们没有宗教信仰，也不特别依循传统的习俗，是对艺术的喜好，培养我们的生活态度、定出一些处事的准则。在拘谨排他的现实圈子中，更能欣赏自然开阔的态度、包容与变化的事物。W 总是向人推荐他觉得好的电影与戏剧，把朋友介绍给朋友，他搞戏剧的时候，尝试沟通不同圈子的朋友，开创了潮流但不居功，被人争了成果不介意，给某些团体利用了结果只是默默走开，还没有三言两语贬低其他人做的事。当 N 的短篇小说集出版后，他寄来一封热情的长信，说他想把它改编成戏剧。他总能率先承认别人的优点，不怕称赞别人的好处。他个性里有明亮的质素，附着一种温和念旧的感情。他现在说他逐渐对戏剧治疗感兴趣，他仿佛总希望艺术能帮助人生，我知道他课余正在去做义务照顾病人的工作。他曾说或许有一天会把戏剧也放弃，专门去做义工。我不愿相信，我想他是开玩笑吧，他哪里舍得放弃戏剧呢。我记得我们过去总是听他一次又一次地说不同的新计划，把戏剧带到街头演出、带到学校、带到展览馆演出。哪，整个演出场地是三角形的。那里有一面镜子。那儿好像大笪地一样。就是恐怕他们不会批准。唉，他们担心会有政治的问题。为什么这么多顾忌呢？为什么这么点小事也要害怕呢？我们听着，仿佛看见他在许多个牢固的框框之间前行，伸手尝试接触不同框框里的陌生人，但他们闪避、大叫起来，或者以为他要伤害他们而先发制人了："你们以为这就是很新吗？"

　　我们从纽约现代美术馆出来，按址寻找原始艺术博物馆。N喜欢原始艺术，正如她喜欢朴素宽厚的人际感情。她总是说她父亲在南北行做生意，大家说一句话就成了，连签约也不用，彼此互相信赖。我不知道她现在还是不是这样想。去年她回去看父亲的病，她父亲去世了，她很伤心。过了几个星期，父亲最信任的李哥来了，他过去是店中伙计，后来父亲借钱他成为股东，也打理整间店。他带来文件，说父亲去世，她们也没时间理这店了，股东提议改组，请她签名。她发觉：她们姊妹只得回一笔很少的金钱，自此以后父亲创办的店就跟她们无关了。她嘴硬，不会就这样承认时势变了人事变了。她好像什么都没发生过，还是一直说要去看原始艺术博物馆。

　　走在纽约街头，想到叫我们留神细节的奥哈拉的诗作；看到报摊上出售的《村声》，想起十多二十年前，如何居然会从香港直接订阅这份周刊。那真是一件奇怪的事，简直是脱离现实的。为什么想看遥远的影评和舞评，或者要知道纽约出版和演艺的信息？那时这并不是潮流。那有什么道理呢？为什么不满于当时学校读到的作品，不满于周围接触到的潮流，想听到远处另外的信息？我那时同时订阅《常青评论》、《TDR》和后来的《外国图书》、《前卫》（W说：这杂志现在已经变成"收藏家的珍品"了！）向纽约的"丛林"和伦敦的"可达与贝亚"订阅一本一本的新书。在那时候，自己已经开始了学习写诗和小说，也就通过翻译学习写作，那时不知怎会那么有劲，编译了美国地下文学、法国小说、当代拉丁美洲小说选等书，自己却没有特别反省为什么会这样做。可能零星想过，跟人提过，但却要到了现在，走了许多路，隔了十多年的距离，路过纽约，然后想好好想清楚，自己当时为什么这样做。为什么一个在香港长大的学生，对周围的东西不满之余，会自学一样去发掘其他文化的另类文艺？

我想是有理由的，有私人的理由，也有公众的理由。

W，如果要往回看，该从哪里说起呢？我是否应该先告诉你，童年时如何躲在一间铁皮屋子里，在那些陈旧的气味之间，抚摩着一本本的大书：《番石榴集》、朱生豪译的《莎士比亚全集》、《鲁迅全集》，这些家人从国内带来的旧书，混杂着大人从报摊买回来的《蓝皮书》、《西点》那样的廉价消闲杂志，每日的报纸，脱了皮的《水浒传》，囫囵吞枣地把这些东西一股脑儿吞下去，想从不能完全明白的文字中找一点儿什么，好避开外面复杂的大人世界，另外找一个世界。

（一间小学礼堂。我们在第八街看安·襃格编的舞《男与女》。我们坐的椅子沿墙排开，未开始前，黑暗中隐约看见人影移动，好似在准备节庆的仪式。）

零碎的片段。一列长长的竹篱笆。寂寞的番石榴树。一个寄人篱下的孩子每个周末站在那儿远眺马路上到站的公共汽车，等待出外工作的母亲从那儿回来，希望她安好无事。每个星期的等待，每个星期的希望。压抑了的记忆，好像又突然回来了。

坐在电车的下层，就着黄昏的灯光读《安娜·卡列尼娜》，每天读一个片段。电车里很挤迫，混杂着人们的气味，但阅读令人感到安适温暖，虽然那是一个很遥远很遥远的故事。故事里的人事令我暂时忘却现实的人事，知道回去面对的并不是唯一的世界。那是中学四年级的时候吧。

（灯光亮了。好像中学礼堂里举行的舞会。男女穿着六〇年代的衣服。飞机恤。百褶裙。女子穿着短白袜。男子站一边，女子站一边。他们各自缓缓走向另一边。他们逐渐碰在一起了，碰在一起又分开。各种各样的接触。一对对不同的人一起跳舞。一个男子把一个女子举起来，再把她按在地上，他们接吻，她翻起身，掴了他一巴掌。在那边，一个男子把一个女子举起，再把她按在地上，他们接吻，他翻起身，掴了她一巴掌。在那边，一个女子把一个女子举起，再把她按在地上，她们接吻，她翻起身，掴了她一巴掌。）

我们是看翻译小说长大的。我们是看唐诗长大的。我们是看残缺不全的五四文学长大的（中国文学本身成了被压抑的记忆）。我们是看现代电影长大的。我记得所有最初接触的法国电影。这一切对我们发生了怎样的作用？这些记忆影响了我们成为怎样的人？每一回被情节和人物感动，对事的看法也许就隐约改变一分，在敏感多疑中也相信，在成人伤害的言语外还有温柔善良的事物？我们逐渐接触不同的人，现实的接触带来刺痛。我们摸索如何与人相处，调整自己的看法，聆听他人的说话。过分庞大的期望一次又一次落空、心中的幻影像泡泡那样破了，我们焦灼，没有回答。我们无意中一次又一地伤害了彼此。我们只觉得心如刀割，而世界茫然不知。

（一群男女从那边冲到我们面前，张开手，倒下。灯光熄灭，但在黑暗中我们仍可看见满地尸体。灯亮，又一群男女从那边冲到面前，张开手，倒下。灯光熄灭。但在黑暗中我们仍可看见满地尸体。战争与激情的七〇年代。）

我走到横头磡，坐在运动场的长椅上，等待晚上到儿童康乐中心上班。还有一段空闲的时间，我坐在长椅上读完新一期《常青评论》上安德烈·皮耶尔·德·曼迪亚古斯的短篇《潮》，抬起头，看见一个灿烂嫣红的落日，仿佛是青春汹涌的热情，毫无阻拦地把一切染成金色和微红，一直伸展向远方，那儿有缥缈的自由、打破抑郁和禁压的那种舒展。我坐在那里，不想回到工作的地方，面对沉闷的工作和饶舌小气的同事。我望着远处的金黄和嫣红，期望有什么发生，改变我刻板灰暗的工作的现实。

数日后，我的期望以一个奇怪的方式实现了。学校提前下课，满街都是人潮，很难才截到车，赶上挤迫的渡轮。公共汽车改道，因为有好几处划成禁区，谣传说是有"土制菠萝"，军火专家赶往现场引爆。渡轮晚上就停航了，我没法回去上班，只能挂电话回去请假。外面有一些重大的变化发生了。激烈的冲突、呐喊的声音、对峙的紧张，过后留下了满街废纸、破瓶和木板、戒严的黑暗死寂的街头。

有些过去觉得好像跟自己没有关系的事情都到眼前来了。一个稳定、密封而阴暗的空间突然摇晃起来。你发觉其实是置身一艘小船的船舱之中，不可抑止地被周围的洪流冲击失去平衡。有一个刚认识的朋友，她一家突然离开了香港。反天星小轮加价的静坐。有人在狱中突然去世。你总是觉得在报纸报道的背后，还有许多事情在发生，而你无能为力，没法阻止任何事发生。

也许我们也想过令事情发生，想过如何才可以改变现状？阅读各种知识性的杂志，参与游行与集会，聆听别人的演讲，与人争论各种问题。总是在希望找到一列对的队伍，做应该做

　　　　　　　　　　　　烦恼娃娃的旅程

的事：保卫领土的完整，争取中文成为法定语言，抗议贪污的官员。但有时也感觉自己是排错了队伍，听演说的时候不无疑虑，在行动的热情中对某些大家觉得必然如此的观念未能认同。在队伍中，又开始对自以为走入队伍就代表了正义的排他态度生了反感，对于夸张感情成为绝对价值的表演生了疑虑……

我们的激情找不到出口，我们的热情永远被压抑。我们变得愤慨，与遇到的每个人吵架。我们的身份不明，无可归属。我们走入不同的房间，总都找不到安顿。我们愤怒地关上背后的门。震碎的玻璃屑间我们看到自己的血。有人尖酸地说："生命到底不是一出雷诺阿的电影呵！"那么那些温厚善良的感情，在现实生活中并不存在了？我们嘲笑纯真的梦境，但真正的犬儒又对我们嗤之以鼻了。那么我们该如何行动呢？我们醉酒。我们整夜无言坐在窗前。我们自暴自弃地脱去衣服走入大海的波涛里。我们隐姓埋名躲在异国一个小镇。我们吃了药睡在一个浴缸的暖水中永不醒来。

（场中的人群逐渐分开，一男一女变成一组。每人身旁一堆衣服。一个男子替一个女子脱去上衣、裙子、鞋袜，替她换上另一套衣服。然后，倒过来，她开始替他脱衣服，换上另一套衣服。）

然后又回到最基本、最简单的人际关系。一个人与另一个人的关系。你怎样对待另一个人，你希望另一个人怎样对待你呢？我们是某个人的儿子、某个人的父亲。我们是某个人的学生、某个人的教师。我们相爱，我们失败了。我们离开亲人，我们重聚。我们工作，无可避免地与不同的人合作。我们每日醒来，继续进食。我们无可避免地开始注意吃进肚里的是什么食物，对我们发生怎样的作用。我们病倒，设法寻找一个可靠的医生。我们遇到各种各样的疾病和伤害，设法康复，继续工作。

我们在第八街看安·褒格的群舞出来，我跟 W 说："现在的剧跟舞很难分开哩！"我喜欢这种文类的混杂，因为可以包容更多的东西。菲利普·格拉斯的音乐、弗兰克·辛纳杜拉的《这种叫爱情的到底是什么鬼东西？》、平·克劳斯贝、汤米·道尔西的《我对你竟然变得伤感起来了》、威尔第、四人帮、史必列夫。从六〇年代到八〇年代。我喜欢那种抽象与具体的混杂、时代与个人的混杂。比一幕精致的双人舞包容更多的事物。比一幕写实的戏剧包容更多的空间。最后一幕，一对一对人跳着慢舞。人们再接触，已经老去了。若果我已六十四岁，你还会认出我来吗？

走在纽约的街头，看到报摊缤纷的杂志、书摊上的旧书，我们还在谈那个问题：为什么当年我会脱离现实去找外国的另

　　　　　　　　烦恼娃娃的旅程

类文化，而且感到共鸣？

　　也许是因为它们提供了不同的看法。毕业出来以后我的现实是每天早晨爬过大帽山去教中学历史，通宵当电信翻译，推销复印机和百科全书，在英文报纸的出版部给电视杂志设计女明星的封面，我接触的现实世界是那么荒谬，不是学校的课本可以解释的。

　　也许也因为从开始我们所接受的教育就是不完整的？W，你记得在加州时，有一晚我们谈到过去所受的中学教育吗？你说到过去的美术教师，如何叫你们整堂练习斧劈皴，你举起手模仿那乱劈的姿势，说当时很讨厌这种并不了解为什么而作的练习。我想到自己中学的作文，因为坚持要写平淡的白话文，不愿依老师所改加上装饰性的四字成语，结果每次都是丙减。后来轮到自己去教历史，从中一教到中五，真是要命，还发觉近代史的课本残缺混乱，要重新编写讲义。大家说起我们中英文科的内容，都与现实脱了节，既不能令我们对过去的中外文学有一个完整贯彻的印象，也不能看到香港人写香港的作品。种种教材的设计，好像是为了有意无意令我们看不清全面的图像，只见一切都是破碎朦胧，好像自自然然地抹杀了过去、压抑了我们集体的记忆；另一方面又好像要隔开现在，令我们接触不到任何具体的实况。从一开始我们接受的教育就是不完整的。我们接触到的人们用威严代替推论、用情绪代替思考、片段就当是全面，孤立一种技巧就说那是文艺了。是不满足这些东西，才自己设法去寻找另外的书本。

我是一个刚毕业的中学生，懒洋洋坐在一张椅子上，想要站起来，却感到莫名的对一切的厌倦。好像瘫痪了一样。窗外一辆汽车在发动马达，嚓嚓嚓嚓响着，却一直没法把马达发动起来。我听着那无力的声音，没法站起来。许多许多年后，我才明白了那令我瘫痪的原因。

那是一个重要的信息。国王躺在病榻上把信息密告一个使者，使者正把信息带来给你。但宫殿的外面还有宫殿，道路通向不同的道路，他在走向你的途中迷失了。我们正走向二十三街"蹲伏剧团"的小剧场，我们好像也迷失了。W 说迟了也不要紧，我们总可以在橱窗外观看的。《安迪·沃霍尔的最后的爱》的第二部分：安迪·沃霍尔与一个女子进入剧场，那女子脱去衣服，召唤亡魂，然后他们背后的帷幕扯高，露出玻璃橱窗和后面的街道，以及突然吸引过来的围观在橱窗外的行人。这匈牙利剧团所在的剧场，是由一只有橱窗的地下商店改成，他们也善用了这环境，所以剧中这一幕，里面的观众看见外面的路人、外面的醉汉和卓西亚酒店的住客把脸孔贴近玻璃，窥视狂一般向里面张望。里面的观众笑外面偷窥的路人，外面谈笑喝酒的路人笑里面花五块钱入席的观众。谁是观众，谁是演员呢？里面安迪·沃霍尔的访问正在进行，录像机把外面街景播在里面的电视荧幕上：路人脸孔、驶过的车辆、混杂了焚烧的帝国大厦。尤莉·曼可芙进来把安迪·沃霍尔枪杀了。沃霍尔当然不是沃霍尔。访问的声音是录音的声音。焚烧的帝国大厦只是玩具模型。但路人可又是真实的路人。艺术去到哪里发觉根本已混成了生活？演出离开了舞台又发觉哪儿不是舞台？沃霍尔在剧中被枪杀是演戏，说自从有了一台电视就不需要与人有密切关系、说烦恼转到录音带上就不成为烦恼的沃霍尔，却在这剧首演后十年在现实生活中被枪伤了。

这是一个奇怪的信息。国王躺在病榻上把信息密告使者。使者正把信息带来给你。但他在走向你的途中迷失了。影片中的沃霍尔（或者是戴着他的面具的演员）骑马走过曼哈顿的金融区，一个女子向他掀起裙子，一个男子被枪杀，一个男子烧了半边脸，但他若无其事地骑马走过，一直来到"蹲伏剧场"。剧院里的观众看见他走进现实的剧场。我们始终没看见那使者，我们看见《死亡先生与自由太太》下半场的枪杀、性爱、乐与怒音乐现场演奏。火药气味刺激你的鼻子，血令你不安。还有橱窗外面走过向窗内窥望的那个警察，他到底是演员还是真是纽约街头的警察？他会不会走进来打断我们看的戏？他是那使者的化身吗？看来他又不像。我们在纽约街头走过，一堵红墙前一堆黑色胶袋的垃圾边，正有人在看电视。地下铁里有几个凶神恶煞的人物，若你瞪着人看电视那样看五分钟，对方一定跳过来给你转台。夜深的时候我们坐在你的地板倾斜的厨房吃柑，可以从后窗看见对面房间一个艺术家的背影和她塑雕的头像。她久久没有变换姿势，我们怀疑她是假人。不知是不是前卫剧中的一幕。她是那使者，安排来向我们宣示一项信息？我们的目光又回到你身上，看你站起来做一个指向远方的手势。你就是那带信息的使者吗？我们的目光集中在你身上，向你寻求意义。不，你说，你不愿意代表什么。你说你早已厌倦香港的风气，一次又一次想离开，不再打算回去搞什么戏。你说你会找一个地方，说不定会留下来。那你们又怎样呢？你的目光转过来。一下子灯光打在我们的脸上，镜头移过来。我说："我们正在回去香港途中，我们没有什么其他打算。"我看不见你的反应，我只看见你的手提录像机的镜头对着我。我面对镜头就没有什么自信，只好硬着头皮说下去：还是想回去看看，看可以做些什么。你放下镜头，放过了我。你好像想说什么，是一场戏的收场白、小说的结语那样重要的信息？……不，带信的人还未来，还没有这么快大团圆结局。一下子走到终点，我们就会以为旅程包括迷路的过程是不重要的了。在迷路的时候我们也东张西望。如果我把两只手的食指和拇指伸出来，正反地搭成一个长方形，那就可以特别选取现实的一个片段。这搭在一起的四根指头，可以是一个窗子、摄影机的观景窗、图画的框架。有人用它来框住铁塔、教堂、凯旋门，或者美国的总统，但我想用它框着一茎草，好教它变成注意力的焦点，变得重要起来呢。如果把这四根指头搭成的放大镜突然对着远方的你，你会不会以为我在捉弄你，觉得生气，抑或你会露出一个布莱希特的笑容说："喂，你依家喺度咁样算点嘞？"*又若果我突然把指头撤开，那么我们就更清楚看见你连起你周围的世界，成为汩汩流动的时间之流的一部分了。我为什么注意你，注意另一个人呢？国王濒死时把信息密告一位使者，使者正把信息带来给我们。他走了许久，可能还要走许多年。《安迪·沃霍尔的最后的爱》的第二部分，一边是卡夫卡这故事，一边是电视广告。观看电视是安全而没有矛盾的。我们随时可以转台。我们为什么要去注意另一个人？那使者现在走到哪里去了？卡夫卡说黑夜降临时你坐在窗前想象这一切。我想他是说你必须自己想象出这一切来。

　　我们从现代美术博物馆出来，就去寻原始艺术博物馆，大

---

* 意思为"喂，你现在这样的态度算什么？"——编者注

家都走得累了，不料去到那儿才发现它搬了。人家给我们新的地址。W 提议先坐下来歇一歇。我们同意，不如先找个地方喝杯咖啡。我们沿着大街前行，找一间咖啡店。大街上有人卖栗子，有人卖犹太面包。缕缕白烟。摩天高楼。人和汽车匆匆忙忙掠过。在这样的城市寻找原始艺术博物馆是荒诞的。然而 N 昨日看大都会的南美和非洲艺术，衷心喜欢。她说到昨日看见的、一个名为死亡的泥雕，张开嘴巴闭上眼睛，不是惊恐而是安详。她说那些雕像表达的人际感情，不是表面装饰的轻巧，而是沉重深邃的血肉关联。远古的人像已有瞻望，眼睛远眺更壮大更美好的事物，双手举起因为心有虔敬。

我说起西安的石雕，举起咖啡喝一口，眺望外面的高楼，心里不禁失笑：我们几个异乡人频频回头，尽在那儿说着遥远的事物。W 搬动手中的手提录像机，截取窗外一角仿如香港街头的卖栗子小贩。我问他拍摄这些，是有一个整体的计划，抑或是用来作表演之用？他摇摇头，说都不是。只是一种练习，就像日记一样，每天拍十来分钟，记下一些事。他这样做已有一段时间，不知留下了多少录像带了。

我忽然记起他跟我说过在香港时跟一个年轻剧团排戏，一切未成形时的剧场练习是最舒服的，一旦用了那些素材变成"戏"，筹备成演出，种种问题就来了。他是想保持那样非功利性的态度，不要因为艺术而牺牲了人际关系的某些东西？他一步步退出香港的舞台，以及现在这种录像的态度，都是由此而来吧？

我不知道他之前在香港还遇到什么，在戏剧的合作上有过什么不愉快的经验。我只知道他不喜欢这地方，尤其不喜欢狭小的艺术团体，可能再也不想回去了。我开玩笑说 W 没有过去那么温和了，而他，也笑道："做好人总被人欺负有什么好？"时间过去，在我们身上留下痕迹。我们失去一些事物，我们摸索寻找，或者沉默不语。

我们站在挤拥的人群间，等待过马路。我们正在等交通灯转绿，一抬头，看见对面马路涌起缕缕白烟，在后面展现圣柏特力克教堂优雅的建筑，仿如神迹显现。

从闹市走入这教堂，光线幽暗了，声音沉寂了，好像骤然跌入深心中一个幽玄的所在。我们静下来，站在那里，看着点点烛火，看虔诚的人祷告祈求。这儿好像跟闹哄哄的人车隔了一个不同的世界，但其实又正是在闹哄哄的人车旁边。我们闯了进来，好像也安静下来，聆听四周的静默。我在静默里好像听见雨声，好像外面在下雨，我们暂时来到这檐下避雨，带着湿冷和温暖、匆忙和悠闲相混的感觉。W 指着那边一个神坛，告诉我人们在那儿点上蜡烛，祈求失物重得。我们要去点一支蜡烛吗？我安静地站在那儿，想着我们失去的事物。我想 W 失去了的是什么，这些日子正在烦扰他的又是什么问题？ N 失去了的是什么，我失去了的又是什么？是一盒布莱希特译诗的录像带，是资料和过去的记录？是一本旧地址簿？是一群朋友？是一个舞台？是一个友善的艺术的环境？是一些熟悉的街道？是一个父亲？是一些我们怀念的素质？是一些食物和习惯？是一个我们在那儿长大的地方？

　　我们在纽约街头继续前行，不是像剧中骑马走过曼哈顿的沃霍尔那样对一切无动于衷。我们看着周围的事物：陋巷里的醉汉、地铁上的人群、洗衣铺的男女、狭窄的花铺里招呼客人的并排的三张椅子。我们被种种事物吸引，在街头流连，而且前顾后盼，久久也走不到要去的地方。我们像那带信的使者，在路上屡屡迷途了。

　　W 指向对面马路，捉狭地说："那就是你的奥哈拉写过的地方？"他又说："你那么喜欢奥哈拉，是想回去当一个香港的奥哈拉吗？"我认真地摇摇头，说我并不要当奥哈拉，不管在哪里。而且香港跟纽约是绝对不同的城市。总会有不同的人，用不同的方法，去写不同的城市。

　　我问 W："你说不要再回香港去不是真的吧？"他微笑不语。

广东高山上畲族的老祖宗是一头狗，从一个大耳女人的左耳生出来的。它为皇帝平乱，皇帝看见它是狗，却不愿守约把公主嫁给它了。今天香港许多地名都有"輋"字，据说就是"畲"。我们寻根到头来也许只是寻到这样不光彩的、总是备受歧视的故事？我们是那个倾斜的人？

狗的形象贯穿全剧。"在飞往太阳的途中他活得像一条狗。"倾斜的人被狗咬死。到最后，倾斜的人死而复生。所有团员一同在舞台上奏乐。

醒来并且进食

继续并且停止

醒来并且停止

继续并且进食

剧终时倾斜的人拿出一块黑面包，撕开分给我们。面包很粗，有点酸、有点苦、足堪咀嚼。我们咀嚼着面包离场，走回街道上去，走回我们每日遇到的问题那儿去。进食并且继续。这剧没有什么伟大的豪言壮语，只是提醒我们要知道停止，知道继续，知道在什么时候醒来、什么时候吃一块面包。

深夜我们在 W 的厨房继续进食，吃三个可能是来自东方的柑。偶然扭开电视，播的是意大利电视片集《马可·波罗》的结尾。马可·波罗目睹中国的政治斗争后，黯然回国。但回去后却被封闭的教会视为异端，被关在牢里。关在牢里的时候，奇怪的是，遥远的中国旅程对他反而代表了某种开放而自由的素质，似乎文化的理解，有赖于从不同角度比较以作体会。

我问 W："你还想不想重新整理那出关于旅程的戏？"

我们依照地址寻去，才发觉兜了一个圈，又回到原先出来的现代美术博物馆的后门，人家这次给我们的地址，就是在对面。是的，细看红砖墙上还有拆去的馆名的痕迹，但它已经不存在了。我们各自失去了不同的事物，像纽约失去了它的原始艺术博物馆？它是永远消失了，抑或只是迁往附近某一条街道上？我们不知道。没有明确的目标，我们继续前行。

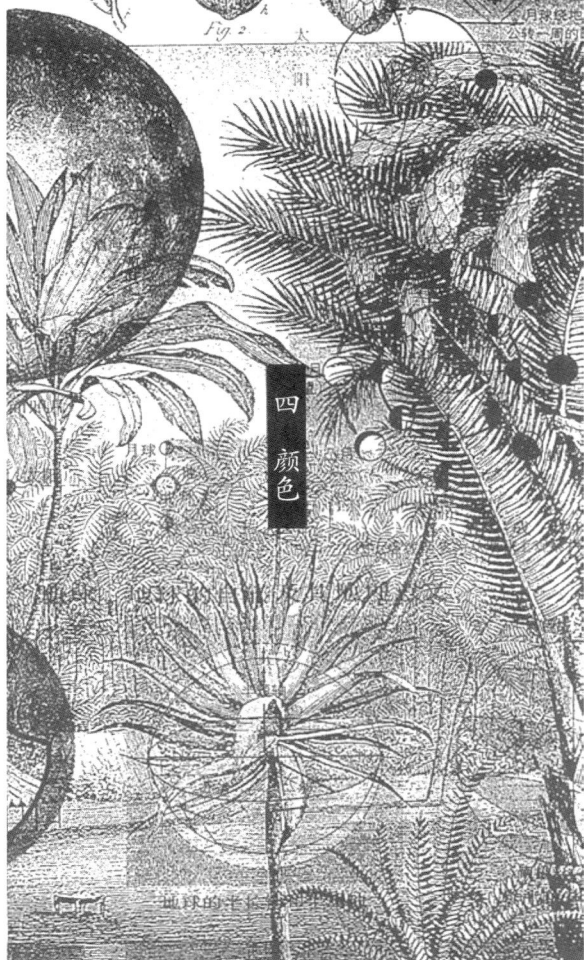

四
颜色

倒贴了红纸墨字的"福"。典型的东方颜色，在巴黎一所公寓的顶楼。一角还有 Y 的名字。但是没人在家。

我们还会见到更多东方的颜色，更多红色。比方说，红色的灯；比方说，朱砂底色的郑板桥墨迹，来自西安。挥春和红包袋的那些红色，叫人想起吉祥热闹喜气洋溢的节庆，但现在只是零零碎碎地缀满一个异乡的顶楼；应该叫人想起鼓乐喧天，舞狮的热闹和鞭炮的飞扬跋扈，却只是一幅小小的红色，在静静的下午，贴在门上。

Y 不在家。她邻房一个法国老太太刚好推门出来，看见我们，好似吃了一惊，不容我们有机会问话，匆匆走进洗手间去了。那扇门前贴着的红底"福"字，仿如 Y 的一个符号，独自生活在外面的一个中国女性。Y 的烦恼，我们是知道的。她的际遇并不寻常，其中的曲折，牵涉时代的反复。我们后来才知道她暑假再回港一次，打听他的下落。我们不知她现在心情如何，不敢惊动她接机，我们想：我们带着烦恼娃娃前来，可以消解她几分烦恼吗？

Y 的烦恼是中国的烦恼，一个同代的法国女子一定不会遭遇同样的命运。Y 的颜色：蓝色、黑色、土黄色、红色、紫色。朱红底纸上墨色的字，中国的颜色。

颜色。巴黎是一个令人对颜色敏感的地方。第一天醒来，从小巷走出来，凌晨大概刚下过雨，路又湿又脏，好像是垃圾工人罢工，在路两旁留下一堆堆黑色胶袋。尽管是早晨，天色是阴暗的，我们走出去，看着前面，突然，我们看见迎面走来的一张一张巴黎女子的秀丽的脸，潮湿黝黑枝头的片片花瓣。轻灵，秀逸，她们身上的颜色，一下子令潮湿肮脏的上班路过的小巷美丽起来。

那不是华贵的名牌的划一颜色，是柔和的个人的颜色。许多人披着围巾，但每人披法不同，颜色花款各有心思。浅蓝、葱绿、嫩黄、粉红，是心的温柔、创作的惊奇。当我们走出印象派博物馆，走回街头，发觉那些颜色，仍然活在每日的街头，行人的脸上身上。

巴黎的颜色令人陶醉。我么？我身上穿着唯一的一件走天涯的深蓝外衣，锈红色的樽领毛衣，颜色一点也不和谐，一点也不轻柔。但这不妨碍我欣赏巴黎的颜色。我心安理得，我来自第三世界，仍未忽略保暖舒适之类的实用生活问题。

而你们，来自危地马拉的烦恼娃娃，不也一样吗？烦恼娃娃的颜色：棕红色裙子，绿色上衣，锈红上衣，锡蓝裤子。泥土或绳子的颜色，粗糙、根本、鲜明。孕育你们的国家，九个月前刚发生政变。像其他中南美洲国家，如萨尔瓦多和洪都拉斯，你们面对的问题是内战、贫困、土地、民主。你们活在一个随时爆发的火山旁边。创造你们的玛雅族印第安人，生活贫苦，惨受残害。你们的烦恼已够多了，你们还可以替人解决烦恼吗？

奇怪，你们脸上仍然带着明朗的笑容。你们的颜色并不柔和，可却鲜明。

来到巴黎，你们一定也像我一样欣赏那些细腻的颜色，春水一样活润，轻烟一样温柔：那些桌布、刺绣花纹、地下铁上的木偶戏、女孩子提袋、教堂彩色玻璃、餐盘上的丰富光影。

但是，你们一定也像我一样，可以明白且接受：那些没有这么细致，没有这么美丽的颜色。从纽约飞往巴黎途中，我们选了最廉价的一种东方航线，当双倍的人挤在机场巴士里（你们一定给压扁了），耽搁误点，孩子们哇哇啼哭，大人们左右挪动，一切显得那么混乱、狼狈，仿佛我是在逃难。一个巴基斯坦人站起来，让坐给一个手抱婴儿身旁又拖着个小孩的妇人，尝试在混乱的处境顾及别人。身旁几个女子用英语交谈，其中一个提高声音，责骂航空公司。我环顾四周，颜色尽是深蓝、褐棕、灰炭，隐藏自我的暧昧的东方颜色。我们每个人都穿得鼓鼓揣揣，带着笨重行李，生活里的必需物。这跟一个纽约人或巴黎人的旅行观念是多么不同呵。

但是，你们会明白的。

你们一定也像我一样，在巴黎留意那些来自第三世界的异乡人。夸张的紫棠黄金的颜色，绾起的辫发。许多带着种种梦想，设法留下来了，又在下班的地下铁中带着一身疲倦。看见那边一个围巾裹发的女人，我想：她是一个亚美尼亚人吗？她坐在那里，瞪着圆圆的沉静的黑眼珠，仿如移民美国的画家阿斯里·高尔基[1]画的故乡的母亲。

阿斯里·高尔基的画叫作《艺术家和他的母亲》，我在洛杉矶看到高尔基画作的回顾展。像我们一样，烦恼娃娃，高尔基也是一个异乡人。阿斯里·高尔基一向是不让人视为异乡人的。他是纽约四〇年代最重要的画家，是欧洲现代主义与纽约派的桥梁。过去的艺评家，自然是多谈毕加索和米罗对他的影响，他对波洛克和德·库宁的启发，把他和抽象表现主义一起谈，谈的自然是画面的张力、动力、笔触之类的东西了。

但看一个回顾展，我们看到的不是片段、单独、零碎的画面。四十多年二百多张画，我们看到的是整个人复杂的发展，

---

[1]　内地一般译为阿希尔·戈尔基。此处为方便下文表述，未进行修改。——编者注

与他的背景和时代不可分，与他的胸襟和性情也不可分。他潜藏的一面，即使有矛盾，也更清楚看出来了。

我喜欢他的《艺术家和他的母亲》，一个穿长褛的孩子，手里拿着花朵，站在坐着的母亲旁边，两个人望着前面，瞪着大大的、哀伤的、亚美尼亚的眼睛。这画旁边，当然，是其他画，典型的高尔基画风，鲜艳抽象的色团，如节如瘤，如骨如干，螺卷盘绕，现代，狂乱，嘈吵。在这些画作之间，《艺术家和他的母亲》好像泄露了公众以外的私人的一面。再看他的生平，他的遭遇，他写给妹妹的信，好像知道这个人多一点。从高尔基的矛盾行为，知道现代艺术的矛盾颜色。

如果没有这种矛盾，这个童年时代整家人因为逃避土耳其人屠杀而移民美国的亚美尼亚人，大概就用不着在进入艺坛时改名换姓，骗人说是俄国作家高尔基的亲戚，康定斯基的学生了吧？高尔基在给妹妹的信中屡次说及他对故乡事物的怀念：拖鞋、搅乳器、煮蒲公英根的那种黄色。但因为在现代画的潮流中，因为有一段长时间的潮流不作兴面对人也不面对感情（强调的不是冷漠就是激情暴烈），异乡又不承认异乡的高尔基在这潮流中有怀念也只能化成符号、象征、狂乱的笔触底下的沙哑的黄色了。

如果没有这种矛盾，高尔基也许就不用羞于表达自己的感情，不用对一些人像画的创作日期含糊其词，以致过去许多画评家只是说他由早期的具象发展至后期的抽象，好像以为没有了具体的人，没有了怀念的感情，反而是一种进步了。

　　但他在大量的抽象画之间，画过两幅《艺术家和他的母亲》。不是偶然兴到之作，每幅的创作时间都有十多年，跨越他最重要的创作时光，仿佛是一个关键。这两张画，骤眼看来，有毕加索青色时期和粉红色时期的影子：忧伤的人物、手的姿势、清冷和温暖的色调。其实，画的临本不是著名的艺术，是个人的追忆。我看到高尔基藏的一张八岁的照片。是在亚美尼亚拍的吧？年幼的他手持一小束花，站在母亲身旁。母亲坐着，穿一袭满是花朵的长裙，手按在膝上，两个人瞪着大大的眼睛，望着前面。在两张画里，孩子的样子粗朗瘦削了，母亲的裙子变成净色。衣袖、裙子、手，全变成回忆中宽宽的一块色团。较早的一张，是灰、淡黄、灰蓝、炭褐、漆黑，孩子跟母亲中间隔开一条缝，孩子的脚尖移离母亲，指向外面。后来才完成的一张，用了粉红和浅棕，咖啡和浅紫，像那张照片一样，孩子的臂贴着坐着的母亲的臂，两脚合起来，倚在母亲旁边。两张画，两种不同的颜色：隐藏与显露、承认与否认、艺术与生活、过去与现代、冷淡与热情，无意中泄露了高尔基艺术的秘密。我喜欢它们，多于他的抽象表现主义作品。它们对我们更亲切，你说是不是，烦恼娃娃？

　　你们族中的艺术家，对于我也是亲切的，烦恼娃娃。来自拉丁美洲的作家和画家，路经加州。胡利奥·科塔萨尔在洛杉矶演说，一位研究他作品的女教授，描述初见这位放逐在外的小说家的情况，以及这种相遇的亲切感。有一位离开智利放逐在美的同学西西利亚，我们初见面就谈聂鲁达诗，她平时沉默、温厚，有一晚在每周的政治电影放映前，突然见她慷慨陈词，叙说与来自萨尔瓦多的游击队接触的经过。翌日说起，她说："是呵，我平常也很少这样公开说话。只是一般报纸歪曲事实太厉害了！"你们的族人，有一种沉默的热情。我们听过来自秘鲁的一对男女艺术家那育（Nayu）与璜妮达（Juanita）演奏音乐，他们用的都是老乐器：骆马皮造的鼓、古老的竹笛、一个木箱子那样用来敲打的卡洪鼓。还有三邦那斯（zamboñas），由两排竹管扎成，吹起来发出沙哑荒凉的声音，仿佛从远古世界传来；这乐器事实上是公元前八百多年的东西，最先用人腿骨制成，装饰着宝石。这乐器是古老的事物。我们也来自一个古老民族。一位同学介绍我认识一位对中国诗感兴趣的墨西哥诗人。我们的族人，总想从彼此身上看见自己。

　　烦恼娃娃，我如何介绍你们认识我的族人呢？我把你们带给流放在外的她们，希望你们替她们解决烦恼，保佑平安。我记得你们族中的艺术家，比如何西·路易斯·圭华斯（José Luis Cuevas）。他有一位朋友在圣地亚哥开设画廊，专门展出拉丁美洲艺术家的作品。为圭华斯摆展览那次，圭华斯自己也来了，有一次公开的演说，还放映关于他的电影。我记得圭华斯演讲，他身体健硕，站得很近麦克风，我们听见他带着墨西哥口音的英语，夹着沉重的呼吸声。他说得快，很急促，好像三邦那斯的沙哑荒凉又热情的声音，好像在无人的荒地，被幢幢魅影追赶。他说到艺术、墨西哥、巴黎。电影中的他在墨西哥市集中走来走去，好像鱼儿回到水中。当他在巴黎制作版画，他可以实验高度技术的制作，但他一次又一次回到墨西哥。

但当他，圭华斯，回到墨西哥，他又遇到种种无端的骚扰。有人持一把枪要枪杀他。电影里的圭华斯躺在一张巨大的床上。他在房子里转来转去，仿如一个疯子。他在巴黎，举起一张印刷精美的版画与版画室技师一同商量。转眼他又在墨西哥，在色彩鲜明的节庆彩饰下走过。徘徊在两个世界之间，壮硕的圭华斯真人站在我们面前，仿佛要压到麦克风上面去。他说话急促，用异乡的言语向我们解释他内心某种无法说明的烦乱。秘鲁竹管乐器的苍凉嘶哑的声音。

你还听见那声音吗，烦恼娃娃，当你跟我们一起旅行，横七竖八地挤在背囊里。我们又把你拣出来，走过莱布尼茨路，

（还记得楼梯上铺的那张红叶蓝花的地毡吗？）去找我们的朋友 D。

　　已经是深夜九时半了。六年不见的 D 如何了呢？那音乐令我想起印度音乐。去年我在学校重看路易·马勒的《印度魅影》。那长长的纪录片，看到印度女孩子跳舞那段，我又想起 D 和 Z 来了。多年前我们四个人一起在香港看这电影，我们都喜欢女孩子跳舞那段。路易·马勒一定也喜欢那舞，因为他在拍纪录片的途中，忽然浪漫起来，任镜头留在那女孩子身上，久久不移开。他一直拍下去。那一段，怕有十多二十分钟吧？那印度女子，那么年轻，那么单纯，四肢的舒伸那么自然，她就是舞蹈了。舞蹈就像是散步，呼吸，提起一个茶壶，在厨房门前回过身来，是生活的一部分。我们都喜欢那舞，散场时，D 和 Z 还在中环的路上，学那个女孩子跳起舞来呢。然而现在 D 来信说："我和 Z 的婚姻生活，已经到了尽头。"发生了什么事呢？我们已经有六年没见面，通信也很少。但我们都是老朋友，一些事情又会令我们想起对方，希望大家仍然安好。过去在香港的时候，他们有时会在楼下大排档买一碟油菜，开一罐沙丁鱼上来宵夜。过年的时候，D 用厕纸的纸筒，涂上颜色，造一条纸龙。那是一条美丽的纸龙。当我打开门，他们就站在那里，举起的手里捧着明亮的颜色，一时一时的，把颜色带进屋里来。那尾长长的纸龙，后来就盘在我们向山的窗旁，盘在那里许多年。

D 是明亮的颜色。大概是七三年吧，在那个设计学院的毕业展里，最初看到她们几个人的版画和插图。跟周围轻巧夺目的颜色相比，她们的作品多一点想象力和文学性，与其他人不同的是没有那种商业设计的味道。那明亮的颜色像是还不知道世故与浮滑的年轻。生长自一个香港家庭，她和两个妹妹都有一种现在这个社会少见的纯朴和诚实，对人有一种自然的好意，对人对事还有信任的心。在她念中学的时候，当她给家里开在筲箕湾的电器铺看铺的时候，也许就已经开始在纸片上绘画了？在那些有人在街外唤着"衣裳竹"的迟迟的下午，也许就坐在高凳上，画着花盆和阔阔的叶子，看着电器银亮的光影，追踪一道盘卷的电线，在架上瓶瓶罐罐的后面消失了影踪？当她长大了她就到外面看街道上的颜色。生长自一个旧式家庭，她的颜色却完全是现代的。她可以用厕纸的纸筒创造一条彩色的龙。她喜欢超级市场里橙汁和葡萄汁冲撞的颜色。插着牌子的乳酪她说是肥胖的家庭主妇跑到街上来示威。自动售票机吐出来的长长一串邮票，她拿着当是风筝尾巴。现代的颜色容易变成轻浮，D 却有一种令人信任的稳定，内里有一种沉着实在的东西。她画的人物都是沉重，甚至带一点笨拙的。看着他们，你会觉得他们不会闪避摇摆，不会善变轻诺，不会反复无情。最先在那个画展里，在一堆堆凌乱的颜色旁，看到她一组以夸

　　　　　　　　　　　　　烦恼娃娃的旅程

父为题材的插画，令我们停步。这个人，巨大、固执、善良、傻气地大步长腿地跑去追赶太阳，是她心爱的人物。我后来才知道，她在伦敦和巴黎都把这题材重画了一次又一次，她小小的个子仿佛也有那种固执，有那种对光明颜色的想望，和在追寻的疲倦中喝尽江河的焦渴。

D是明亮的颜色。这明亮的颜色是她做的丝网版画。我们在她家里看过她工作，做好的版画就晾在屋内一道绳子上，好像是刚洗濯好的清洁芬芳的衣服。她的颜色鲜明得没有阴郁的黑影，像是花朵和民间手艺，动物的童话，雄鸡和昆虫的红红的心。她想出各种古怪主意，在寻常的生活里创造色彩。中秋节来时我们在她家里编造花灯，把铁线变成骨骼，从彩色玻璃纸剪出皮肤，划一根火柴，燃亮一室阴暗。

这明亮的颜色不仅是颜色。D的颜色不是一种装饰，是来自她个性里的明亮：爽快而不忸怩，直接而不转弯抹角；她相信的事，可以无休无止地坚持做下去。而那强韧的生命力，不是意气的苦挨，不是虚张的声势，是简单、自然，带着一个微笑的。她像她绘画的巨大笨拙的人物，甚至不自觉自己的能力，不善于说及自己，做出了美丽的事情还不自知，朴素地坐在一旁。别人要熟悉了才真正感到她对生活和艺术的一种深藏的诚实。她是画画的人，但她用文字写东西，亦朴素得没有多余的话，没有了迂腐的观念，是一种真正尝试对自己诚实的文字。她的诚实，表现于她作画的态度。她能一次一次地画，改至她自己满意为止。画里面有她的个性，但作为现代画家，她罕见地不夸张自己的个性，而愿意去观看、了解、承认其他人的个性。

后来 D 和 Z 先后离港赴伦敦，再转巴黎。孩子出生。上法文班。做工。卖纸筒。到乡间采玉米和葡萄。咖啡馆的摄影展览。看画。看展览。香榭丽舍前一个站的展览"地下铁内的诗人"（不幸的阿拉贡的诗被人涂花了）。朋友到访，闲人在屋内进进出出。他们的生活远了，变成邮简和明信片上零碎的消息。我们又面对我们的新问题。有时，走出门去，坐在大排档，在夜晚走过天桥，或者翻一叠照片，想起他们来。听说生活有不如意的地方。希望他们仍然安好。到后来收到 D 的信，就想，到底他们遇到了什么事，有了怎样的改变呢？

夜晚九时半。当我们接到 D 的电话，知道她收到我们留在门前的字条，当我们再从旅馆走过去莱布尼茨路，再爬上那楼梯，踏上一张红叶蓝花的地毡，我仍是想着这样的问题。烦恼娃娃，我们知道一切不同旧日一样，某些事情发生了；我希望知道，你能否帮助解决烦恼。

我在旅程中总是想这样的问题：本来开朗的人，在感情上遭遇了大的伤害以后，如何逐渐康复呢？

人会暂时变得辛酸，人会突然被一件意外打垮自己，人也会在危机中反省，尝试去了解一切。我不是想到某一个人。这好像是许多人都经历过的一点。旅途遇到的三位朋友，都有相像的地方，他们都是温和、善良、开朗，为别人着想的人。他们都有自己的路，有自己做法，然后在生命的中途，他们遭遇到某一件事某一个人，世界的一个伤害，他们设法从那伤害中康复过来。

　　每个人遭遇不同的损害。有些是现实生活的坎坷，有些是感情隐秘的伤口。D 在信中说，她的选择是经过很多日子考虑的结果，而在这么多年的共同生活中，她确曾尽了最大努力。我们了解她一向的态度也是这样。她说到某件事，然后她写："这把无形的刀子，已经进入我的胸腔，留下巨大的痕迹。"她能够把整件事坦率告诉我们，也出于她性格中明朗的一面。她相信我们是能够明白的朋友，她觉得整件事可以坦白说出来，不必交头接耳窃窃私语。正如 D 在信末说："我不希望以上说的给你们什么不良的影响，只是我相信人应该以赤心相对，我不要幻象，如果我的婚姻生活是失败的，那么就说失败好了，我们还要假装什么？"

　　当我们走上楼梯，想着与多年不见的 D 再次重逢，烦恼娃娃，我们一直想着这些说话。

我们走上顶楼，黑暗的走廊这次有了光。D的房门敞开，泻出的灯光，沾亮门旁盆栽的边缘。当我们走入狭小的斗室，D站起来，用孩子般的连绵的声音开玩笑地说："哦，都老了，全都老了！"大家多年没见，都没想过相见该怎样。D最初有一点微微的防卫，但一下子就没有了。没多久，大家说起话来，自然畅快地交谈，明白对方的意思。小小的房间，凌乱地堆满东西，D没有收拾，一切保持自然样貌，当我们是熟络的亲人。

她把自己的画作找了出来放在床上让我们看，她知道我们关心她这几年来的生活和创作，她回答我们的问题，带着笑，说："是这样了！"她没有说什么来为自己分辩，没有忸怩，没有过敏。许多人会说得比自己做到得更多，D却是说得少，以致我第一个感觉只是很大的惋惜，感到她应该可以做出更多的东西，却可能因为这几年的生活而受到限制了。过去我们欣赏她明亮的颜色，眼前床上这些黑白的铜版画和钢笔画，令人感到沉重抑郁，可以想见一段不快乐的日子。要到了后来，有机会从她亲人处听到她做的东西，然后才知道更多她如何从抑郁中开解出来，知道她其实做了比我们最初见到的更多的作品。如果我们留心，我们会逐渐看到更多，知道更多。

我很清楚这不是由于谦虚，尤其不是常见的人们在公众面前的虚假谦虚。D令我们觉得亲近，是她也似乎从不信任公众的发言，也是另有个人的准则。当她说话，她不是重复与每个人说过的话，刻意为自己制造公众形象。她更自然，更诚实，更能敞开胸怀，正视生活中的伤痕。她的话破碎，没有条理，她笑、激愤、温柔、沉默，又再说起话来，没有隐瞒，没有闪避，没有安排，只是从那混乱中找出秩序，却是更自发的。

窗外是巴黎的夜晚。从这顶楼房看出去，在低低的屋檐的尽头，是蒙马特尔圣心教堂。那白色的教堂，在夜晚看来像一座纪念碑，好像记录了某些战争或者重大宣言。我们一直没走到那里去，那晚上走到红灯的地方就折回头了。我们的视线从远方的名胜拉回来，停在窗旁一个简单的玩偶上，是她孩子的玩偶，出现在她画中。她来法后的作品，尝试更多变化，有更丰富的肌理，但在最复杂的技巧下，仍可以看见她喜爱和怀念的事物。我想起地下铁里的妇人。高尔基的《艺术家和他的母亲》。

我们看一张一张的画，从个别凝聚的画面去揣测历史连绵的时间。观看的意义是什么呢？倘若不是从可见的去揣测那不可见的？我们带着耐性观看，事物才活转过来，那些贝壳和岩石、叶子和花盆，逐渐不仅是写生的素描和铜版，而是显露了一个人，断续在不同的日子里，有爱也有酸楚，逐步把它们创造出来的那个人。

那期间有不少空白。孩子的出生，家务的繁忙，异国生活的不稳定，在创作上留下空白。大地母亲的性格，令她独自负起家庭责任，每日除了工作，还照顾孩子和丈夫，负责家务，她筋疲力尽地设法扶正不断颠簸倾侧的关系，解决经济的拮据，安慰不稳定的情绪，抚平过敏与怀疑，如是在焦躁紧张中生活的几年，那疲倦相信不下于她画中追日的夸父，同样由于一个美丽的信念支持，同样在过程中耗尽气力，而又好似面前仍是幻景。她没有一走了之，而是留下来耐性面对难题，设法改变现状，一次又一次努力，直至元气大伤。到了现在，她始终没有否定她的伴侣，我想她对他个性有失望，但会记得他们共度的日子。他们是走到绝路才分开，但她对他亦不是无情的。是要他明白问题所在，要彻底改变才可以。生活的困境在她几年的创作中留下长长的空白，她似是更重视人，而不是顾影于自己的艺术。她几年的艺术里有不少空白，而这些空白其实亦是美丽的艺术。

这样回顾，她最近两三年的作品更见难得，是从伤害中过来的康复，不是没有血肉的乐观，是深切感受了男女的恩爱磨折，理想的高扬消沉，生活的甘甜辛辣，然后逐步从沉郁中设法走向开朗。N很喜欢她一张钢笔的自画像，她也就爽快地送了给她。事后我们才从她亲人处晓得，那是她组画中的一张，组画名为《开》，打算作七十多幅，现在看到的有室内物事的素

　　　　　　　　　　　　　烦恼娃娃的旅程

描，有梦境般真幻交融，原来是想由厨房推至客厅、睡房，画至窗外，组画仿如镜头那样由室内推至外面开阔的空间。

看组画《开》，从那些细致对比背后，可以感觉那些按捺不住的梦和想望。那绘画的人，她一定曾经在一个远离海洋的高楼上，仔细观看抚摩一枚巨大贝壳的花纹，捧着它，把它放在耳边耐心聆听，以致终于听见了遥远的波涛的呢喃。她一定曾经许多个下午坐在窗前，看着挂在那里的孩子的玩偶，玩偶背后窗外的蒙马特尔教堂和屋背，灰色天空和秃硬枝丫。当室内渐渐暗下来，许多东西在黑暗中消失了轮廓，她仍在那里观看，越过窗，她的眼光和她所怀念想望的人事，终于再连在一起。她一定曾经耐心带着爱意低头观察一个女子早晨醒来的脸孔的温柔，在那逼窄的房间，粗硬的几何线条和杂乱的形象之间，仍然相信，在刚刚醒来的黎明，可以从镜子、从梦、从轻柔的微风，走向不在眼前的事物。

贝壳也出现在这之前，七九至八〇年间所作的组画《潮汐》，画里有细腻的水与沙的纹理，云光水影的恍惚，潮涨潮退带来的贝壳和石砾。海洋是那么广大，而通往海洋的路上仍然布满阻障和阴郁。这组画是具体的海潮与沙滩，仿佛在一个春日，在清冷的海滩，遥望外面波光暗涌，白色云烟里有隐约的山形，感到那种在开阔中静立的寂寥，以及时间隐约变动带来的心的微涌。那潮汐的一来一去，也是时间的变化，生命潮汐的起伏了吧？这画画的人对海洋的爱却是具体实在的爱，是童年以来一个长久的恋爱。不知道是不是现实生活的危机，会令人反省自己，回到过去，追索自己的源头，要想明白自己到底是怎样一个人？

D过去曾经告诉我们她童年时对海洋的感情。她在筲箕湾的大屋，厨房有一个窗对着海傍，她常在那里看着飞翔的海鸥和纸鸢，看赤脚的孩子在木屋和挂满旗杆的渔船旁边跑来跑去捕捉麻雀。她哥哥曾带她往海傍的船厂去，看那些高高的大木船。那些潮湿的木味，海藻的气味，船身斑杂的青苔和波涛的印记，仍留在她今日的画中。

她心中满是童年的记忆和对家人的怀念。她说起童年生活、妹妹、家中每一个人。她希望将来有机会把这一切都写下来。她完成每组画，同时也写了文字。她们姊妹十年来一直在写作绘画童话，而她未完成的一组近作，在黑白的铜版和钢笔画之后，是一组木颜色的作品，以我们这一群朋友的孩子为主角，在这些柔和朴素的脸孔上，再显现了颜色。

她构想童话，也许为了暂时不在身旁的孩子。我却觉得也许不仅如此。烦恼娃娃，当我把你们交到她手里，你们也参与成为童话的一部分。我们碰到青蛙黏腻的皮肤、为被爱所囚禁而发出咯咯的哀鸣。蜗牛缓慢地爬行，痛惜破碎了的一个又一个的家。你永远无法把鸟儿关在笼里叫她快乐唱歌，当你忽略她，她就一次又一次地失踪了。常春藤狂热地生长，终于直至令你窒息为止。烦恼娃娃，你一定留意到我说的童话也带着明显的性别。这里还有一个：一只乌龟抬起一张倾侧了的破旧的木床，垫在其中一根折短了的床脚下面。她一直不见天日地伏在那里，负起越来越重的责任，她没机会做自己想做的事，没机会爬开去舒一口气，她的背痛了，皮肤变硬了，再也受不了。她觉得没法由她单独负起这样的责任，她要爬开去了。

不，画面上并没有乌龟。烦恼娃娃，你不用到处张望了。我所说的不一定是真实存在的事物。也许你奇怪，我由绘画说到这么不纯粹的事物。但我们觉得感动的，正是在 D 那儿既看到纯粹的绘画，又看到不仅是纯粹的绘画。

生活的拮据和感情的伤害没有令她跌倒，反而令她成为一个念旧有情的人，令她在正常的社会结构和标准的边缘，更敏锐地观察反省。她看到一些生活在法国社会底层的人，流离在正常社交圈子之外的异乡人，她想把这些写出来，我们都希望她写出来。她的遭遇，加上她的兴趣，令她也同其他比较能反省的艺术家一样，离开了过去现代艺术里的形式主义潮流，代表了另外一种态度。她从没有离开具象的绘画，她乐于为文学作品插画，自己绘画也同时写诗写文，从不害怕会失去"绘画性"或失去"自我"，她绘画中国神话人物，又希望有一日为《本草纲目》插图。她画自己喜欢的作品，不怕别人认为是解释性或装饰性。她的态度是不过分强调绘画的纯粹性，不认为绘画应该纯粹到没有了人味。

我记得有一次在洛杉矶看柯克西卡的一个大展，听见旁边不远处一个年轻的艺术学生批评说："我觉得他太依赖题材了！"我感到很可惜，从这种浅窄的现代艺术的观点看画，不能欣赏画家的文学和音乐修养如何令他扩宽眼界，反而把这视为一种缺憾了。某些过分强调纯粹性的现代绘画，只是孤立谈材料，谈技巧，不理解艺术从何处发展而来，也不喜欢与现世人情有任何沾染，这种态度说是纯粹，其实自然也代表了一种破碎偏颇的人生观。这样一个艺术家的形象，就好像是空室里对镜自照的人，眼里只有自己脸孔；轻易断绝了其他时空，也就只看到眼前的一瞬间了。

生活在欧美的异乡画家，特别感受到这种压力；要追随西方潮流的东方艺术家，无法不受到影响，一方面要追随别人另有原因而形成的标准，一方面要否定自己的背景和真实感受，结果人与画的距离自然是越来越远了。高尔基的画作显出这矛盾。今日再看《艺术家和他的母亲》这样的画，我们很想重新肯定人的背景。圭华斯扭曲辛辣的人形，同样源自他一再回去的墨西哥，那影响他长成他也伤害他的背景。

　　D 在异乡生活学习，自然有新接触也有所吸收。另一方面，她面对生活的波折、感情的纠结，精力时间完全用在这上面，创作相对减少了。但亦由于这经历，令到她的艺术凝聚人世曲折，感染人情的雨露，不会与人与事疏离而不相涉。她无暇在咖啡馆谈文说艺，也没有参与什么联展，离开了种种浮面的酬酢，离开了种种流行争辩不休的艺术意见，反而回到自己的生活、怀念的童年和记挂的人事寻找艺术。她在法国和中国香港的艺术圈子当然都寂寂无名，但我们看见她做的事，自然也明白她另有追寻。我们看她一张铜版画，我喜欢那些拗折了又生长的阔叶，那种把金属的粗硬搓成柔和的生命力，小小的画面上凝了那么多斑点纹理，黑白两色里包含了那么复杂的色调变化。叶子从狭窄的空间长出，长成阔大的样貌，经历了萎落又生长，单色里蕴含丰富姿采，我们觉得是美丽的。

　　D 经过了几年不安定的生活，最后终于再入学，一边工作一边读书。她与 Z 暂时分开，先由他把儿子带回香港半年。不理长辈的指责，她第一次要争取一点时间做自己想做的事。后来这两组画就是在学校做的。读书对她来说是重新凝聚精力的一个过程。她把厚厚一本论文递过来，我们翻开来，感到十分惊讶。里面讨论民间艺术的问题也正是我们关心的问题。

我有时想，我们一群朋友，就好像《四季》翻译剧本《革命之前》里那故事中的主角，在半路上去取水，结果却遭遇不少事，经历了生命不同阶段，有一天回到原来路口，发觉当时同路的人仍在那里，等他取水回来。我们走向不同的路去取水，经过了许多事情，当然高兴再见到昔日的朋友。朋友大概就是你仍会在原来的路口碰见，可以接上话题再说起话来的人。

喜欢 D 的艺术，当然不仅是因为一些表面的巧合，而是对许多事情的看法有契合的地方。她的态度，她走的路，自然也寄托了我们的希望，我们希望她可以走出一条路来。她读书和写论文，不是代表学位或资历或学院派什么的；对我们来说，是欣慰她可以毅然在逆境中坚持，在散漫中凝聚，在现实心情最苦烦的日子咬着牙龈整理、反省、完成一个阶段的工作，证实了艺术家并不是仅有飘忽的情绪，感情和理智的思考是可以互相补衬的。我们欣赏她，是因为希望她能做到我们希望做到的事？

她自然也失去了许多东西。当她的眼睛偶然受伤的时候，恐怕也会看见半空的云层上某些澄明的事物。她曾经历空白和阴暗，曾经失去彩虹的颜色，仍未完全康复。她没有逃避改路，没有不耐烦地否定一切，仍留在那阁楼上工作。我们谈至深夜，然后才离开阁楼。

莱布尼茨路静悄悄的。路中央一排树木脱落了叶只剩枝丫，白天看来像一幅尤特里罗的街景，现在在深夜里只剩下黑线轮廓，冷了也更硬了。时光令它变化，明天早上它会变为柔和吗？

那黑白线条是 D 的铜版画和钢笔画，失去了颜色，但我们同样喜欢，因为那简单的黑白，蕴含时间潮汐累积的更丰富更深广的东西。至于烦恼娃娃，第二盒的这六个，我们留下了，在顶楼上。以后的日子，你们将要帮助，也会目睹，更多颜色的诞生。

颜色。地板上一个小小电炉上的橙色（抑或是黄色？）水壶。窗外吹来的冷风。暖暖的中国茶。茶的颜色是棕色，这我可以肯定。D 喜欢把她的画作拿给我们看。旧日的朋友再相遇于同一路口。生活中对人的善意，或得不到回报，但没有完全否定；期望曾经落空，正逐步恢复信心；因为始终能够爱人，所以人的踪影从来没有完全从画面消失；工作停滞，将会回复稳定。我后来才知道，在七七年因生活问题停笔的阶段，仍能主动坚持不用旧日作品，为诗集内页另画新画，重新再作起画来。现在她的生活仍不安定，但她仍然对诗画充满兴趣，仍会作一组铜版画，作一些她想作的画，然后回香港。她处事逐渐稳定，知道自己要做什么，我们对她走路的步伐是充满信心的。

我们走在静夜街头，耳边仿佛听见隐约的音乐，那是异乡的印度音乐？秘鲁三邦那斯的沙哑声音？那是 D 的声音："一个晚上，我在床上处于清醒与昏睡之间。突然，不知怎的，我脑海的深处，传出一段小提琴乐曲，那么平稳的调子，没有激情。像一个清静人的脚步声，一步一步地走近你，又一步一步地走开去；既寂静又幽怨的声音，是延续的叹气声，一拍一拍地低沉下去，又轻轻地提高一点，然后再低沉下去；声音自脑海中慢慢溶进空气里，穿过窗户，飘向清冷的夜街头。我醒悟我的生命的乐曲，经已成形，现在是开始演奏的时候，是走向冷落街头的时候……"

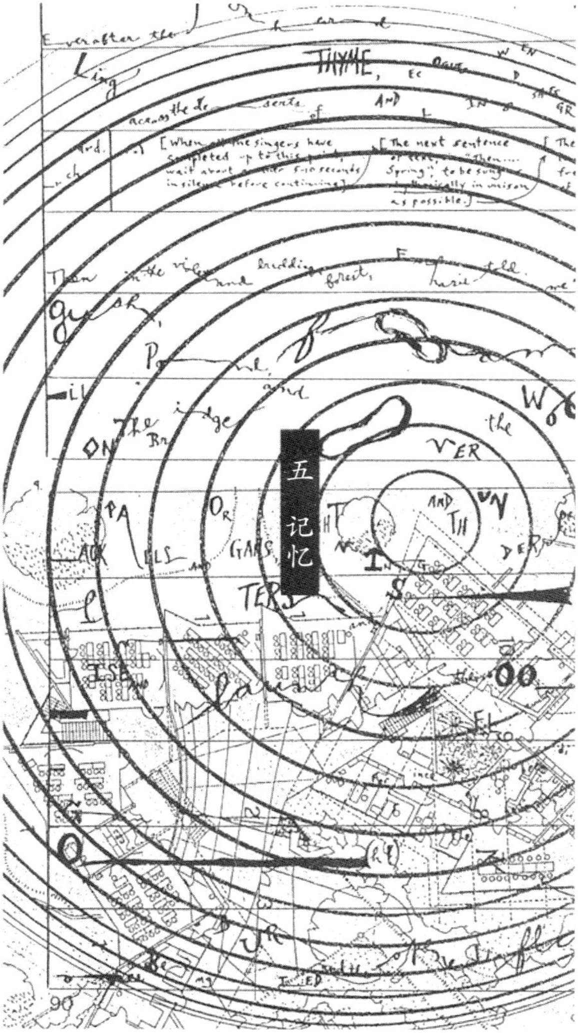

五 记忆

你记得吗？

我记不清楚了。

你记得我们第一次去卢浮宫？

我已经开始忘记了。是一个星期天……？

不，是一个星期二。我们起了个大清早，准备流连一天的。出了地铁站，走过马路，向着巍峨的宫殿走去，却发觉四周一片安静。走近入口的地方，在沙砾地上拾到一张节目表，才知道原来逢星期二休息。我们只好在附近散步，欣赏宫殿正面的外形。天色灰暗，是一个清冷的早晨，我们走过马路，往塞纳河那边走过去。在横街，看到一所小旅舍，我们决定，若果再找不到朋友，就不如搬来这里。我们都喜欢这一区。

我真的全记不起来了……

走出去，看见塞纳河，我们更决定，一定要搬过来。站在河边，看着流水，看着飞翔的鸟儿、优雅的桥洞、岸边的树木，在那个灰灰的、清冷的早晨，我们立即就喜欢上塞纳河了。我们在河边散步，走过新桥，张望桥下的船只，坐在石凳上，倚着灯柱，我们走到对岸又走回来，站在那儿，仰望天空，深深地呼吸。两岸有车辆经过，可是河上这么安静，望下去，桥边的石级令你想起许多法国电影里塞纳河畔发生的故事。

为什么尽想什么电影里的东西？不是本来就决定了，不要带什么书，不要理会什么人描写过什么风景，就这样去接触一个地方吗？

是的，但来到这儿，隐约就感觉到空气中充满人们的记忆，令这儿成为一个美妙的地方。文学和艺术不也是重重的记忆吗？它们是记忆，提醒人不要忘却。我们站在这里，看着流水，这新鲜的感受，转眼逝去，它若仍然存在，那是因为它成了记忆。潺潺的流水，日日夜夜，现在连着过去。

但是，记忆太重了，像沉沉的行李，令人无法轻快地走上新路。我们不是曾经想过：什么都不带，什么都不要记着，就这样轻快地走过巴黎的街道？

是的，但是我们到头来又发觉：巴黎的街道尽用上作家的名字，卢浮宫地铁站也摆满艺术品，好像在提醒每日乘地铁上班的人潮：不要忘记。

但倘若你是人潮中的一个，每日上班都看着这些东西，那你也会变得麻木，轻易忘记了。

我们走进去，自然就发现卢浮宫藏满记忆。看一张画，自然会连起另一张，又连起另一张。记忆是蜿蜒的蛇、流动的水、

　　　　　　　　　　烦恼娃娃的旅程

盒子中的盒子。

我们到头来还是要从那些盒子中走出来。卢浮宫这样藏满记忆的宫殿总给我压迫性的感觉。不要忘记，我们再来卢浮宫，只是因为我们在出口的地方约了 Y，我们看完了画要走出去，跟她会面。是的，不过先进去，再走出来吧。

我们星期三早上再乘地铁来到这里。我们背着沉重的行囊，不是为了搬来附近的小旅馆。Y 在黎明时打电话来，联络上了。她叫我们搬去她那里，睡她房间，让她跟房东女儿住。我们前一晚在 D 家里，已经看到 Y 留给 D 的字条，说是我们朋友，留下电话和地址，叫我们跟她联络。她们是不认识的，我们在明信片里又只写下 D 的外文名字地址，大概因此 Y 以为 D 是法国人吧。就在我们爬七层楼梯在那扇贴着"福"字的门外留字给 Y 的那个下午，她正在城市另一端爬七层楼梯留字给 D，托她叫我们跟她联络。

我们原来担心 Y 有她的烦恼，担心这会影响她的学业，担心她会对外国生活不习惯。我们原不敢麻烦她，结果还是她照顾我们了。关于 Y 的烦恼，我会陆续告诉你们的，烦恼娃娃。你们是第三盒的六个，现在挤在我袋子里。我们先去卢浮宫，傍晚六时半再往马比翁地铁站跟 Y 见面。卢浮宫是一个藏满记忆的地方；Y，我知道，也藏满她的记忆。了解一个人的记忆，我们会更了解那个人。你怎样看卢浮宫呢，还没有拇指那么大的烦恼娃娃？你会感到自己体积的渺小，感到时间的局促，感到需要一个入手的途径，像我们面对许多人在许多时间中累积成的记忆？抑或你会不耐烦了？我很想知道你怎样想，当我们一起走前去的时候。（不，我说错了。你是不用走的。你倒舒服，就躺在盒子里。）

过去，我们和你们国家里的艺术家，一定曾经一年一年怀着朝圣的心情来到这里。五六十年前的中国画家，来到巴黎，努力临摹名作，带回国内，让更多人看到。

现在印刷更发达，艺术知识的流传更广泛，不用这样做了。那一代的心意，大概只成了遗忘的记忆。不过，在时间中发生过的什么，影响了后来的事，显然也没有完全消失。博物馆就是保存记忆，也是公开记忆的地方。卢浮宫这样一个地方，经历了不少朝代，每个皇帝加添新的建筑，改变它的样貌。过去是帝皇私人的收藏，到了十八世纪，经过不少人的争取，还要到了法国革命后，才向民众公开。把民族的记忆公开，把艺术品公开，是现代文明的进步。

我们这时代，烦恼娃娃，也见到记忆被压抑，被歪曲，也见到人们向记忆探索，想寻找真相。在美国，美莱村事件的报道，水门事件的揭发，就好像是揭开掩饰，看到伤疤。近年许多人回顾六七十年代的运动，就因为有人歪曲了当时的真相，又有人想重新弄清楚真相。我听过马尔库塞逝世前最后一次演说（他退休后仍在学校留了一个办公室，大家往往见他在校园散步），他在讲台前踱来踱去，肯定地说："我始终认为过去的学生运动没有失败！"回顾过去，是为了认识现在。

在中国，"文革"以后，不少作者，写作回忆的文字。目前的问题，是如何回顾过去。不少被压抑的记忆，再度公开。许多过去不可以提的名字再次提起，许多过去不可以出版的作品，再出版了。有时研究者发现，一些老作者不愿意重印某些作品、重提某些人物，有些模糊的范围，仍没有整理出来。要等到这些禁忌都消除，我们才会有更完整的文学史。要等到一个人可以面对他的记忆，他才是一个成熟的人。一个国家能面对它的记忆，才可以是更成熟而开放的。

仅是回忆录有时还不准确。人们会记错事件和发生的次序，或是有意无意歪曲了记忆。不同的人谈到不同地区的文学都有这种现象。所以寻根溯源、重新整理是需要的，把材料开放让更多人看到知道是重要的。

休伯特·罗伯特（Hubert Robert）画过好些关于卢浮宫的画：宽敞的长廊，光线从天窗上照下来，两旁挂满画，中央放着雕塑，人们站在画前细看，坐下来架起画布临画，又着腰俯首看画家运笔，伸出手指指点点，母亲拖着扭转身的孩子。宽敞的长廊一直伸展至远方，顶上的圆拱一个叠一个，无穷无尽，一直叠至远远的那一端，时间的那一端。

奇怪的是，这样的画不完全是临摹，而是想象。即是说，画的并不是卢浮宫当时的样子，而是一所理想博物馆应该是的样子。奇怪的是，后来修葺的建筑师反而按照这理想来改变画廊。现实逐渐变得接近画家的理想了。我们坐上时间机器，我们的脚踏上有翼的轮子，在时间的长廊中迅速移后，回到远远的那一端。你也听见呼呼的风声在我们耳边掠过吗，烦恼娃娃？

那是什么世界？不同的世，不同的界，不同的时间和空间。我们看着一把象牙刀柄上雕着战争和猎事的小刀，揣测五千年前的埃及人是如何生活的。

看着这么多个室中丰富的埃及文物收藏，你说这不是很奇妙吗？我们可以想象一个我们从未参与的时间与空间。那些用具、器皿、文具、乐器、珠宝、玩具、家俬，本来放置在另一处，与当时的人有一个关系网，现在它们离开了原来位置，孤立出来，摆放在博物馆里。但又正是通过这些孤立的事物，我们尝试去了解，去重组当时的人与物的关系网。于是，我们看着一个用白绳绑在尖木上的三角形竖琴，一个宽口长身的瓶子，一个游泳的女子推着一只鸭的狭长形状的化妆盒，一个彩色的绘画着人与动物的人形棺材，推测古代的尼罗河的居民如何过活，想象这些对象的位置，物与人的关系。我们看着那些平静睿智的人像和神像，想他们如何看待生活和死亡，如何看现世和现世以外的世界。

神像画在石壁上，经过这么多年，逐渐剥落了，留下浅浅的棕色、绿色、灰黄色。到处是浅浅的棕黄，沙漠风沙侵蚀的颜色，年月和日子的颜色。

女神哈托尔的侧面像：大大的眼睛和耳朵，一层一层刷子一样的头发，贴身长衫显露出瘦削的人的身体，手上和脚上戴着镯，举起的手里拿着豆荚形的项链。她正对着的男子不知是什么人，他也举起一只手，他们另外一只手交叉碰在一起。就这样看来，看不出她是一个女神，就好像是一个恋爱的女子，牵着男子的手。在埃及神话里，日神怀疑众人反叛他，差哈托尔去惩罚他们，哈托尔性子暴烈，做事不留余地，冲进沙漠里屠杀民众，血染红了沙漠，日神后悔了，便又设法阻止她。他差人去掘回大量鲜亮红石，砸碎了混入数千壶酒里。翌日黎明哈托尔又来屠杀之前，他们先把酒浇在土地上，这血红的酒，涨得有三株棕榈树那么高。哈托尔来到看见，以为是人血，张嘴痛饮，终于饮醉了，再没有力量杀人。以后每年逢上哈托尔的节日，人们便预备烈酒，哈托尔也就成为酒神了。

现在看来，神的面目是模糊的。女神哈托尔和女神奈芙蒂斯看来好像没有什么分别，也是同样的脸型，同样长长及胸的假发，贴身长衫。只不过奈芙蒂斯手持一支令牌。在神话里，奈芙蒂斯协助她姊姊寻找奥西里斯的尸体。奥西里斯被仇家所杀，尸体切成碎片，散布全埃及，奈芙蒂斯两姊妹寻找这些碎片，把尸体重并，包起来，造成了第一个木乃伊。

我们看着木乃伊、高大的石棺、石雕的鸟神像、巨大的神像和人像。我们走下小室，看狮身人面像。冰冷的石，生与死的谜语，凝结在这淡淡的时间的淡黄色里。空空的小室，有点冷，好像有风吹，从时间的那一端吹过来。

我的视线移往人像，那些普通人，正在工作的人。

我喜欢，比方说，那个《盘腿写字的人》。他上身赤裸，肩膀宽阔，正盘腿静坐，两手搁在腰布上，一只手拿着张草纸，一只手空搁，指头并在一起，拇指和食指围成一个圈，大概原来是拿着一支芦苇造的笔的吧。他短发，国字脸孔，石英和岩石水晶的眼睛黑白分明，瞪得大大地望着前面，那不是惊讶，闭起的嘴隐约带一个微笑，是期待、聆听和了解。他写字时并不是低首沉思，是望着前面，好像正在听另一个人说话，正在谦虚地记录；但另一方面他不是被动地接受一切，睿智的眼睛，带笑的嘴，显见对记录内容有选择也有了解。

　　　　　　　　　　　　　　烦恼娃娃的旅程

塑造一个人像，就好像是集中一个民族的特色，凝聚一些素质。在那些满是阴谋和杀戮的神话历史背景之下，需要塑造出这样一个肩膀宽阔的理智的记录者来。

每一个民族的雕像有它的特色。埃及的雕像比较严肃、理智、清朗。看许多希腊雕像，你看见人体的线条逐渐明显，衣衫的线条逐渐细致。那种对人本身的询问和反省表现在雕像上。人的体态和动作受到重视，不管是体操竞技、舞蹈、搏斗，都是带着细致的观察，优美地表现出来。人体本身成为庄严的题材，不是抽象的命题，是具体个别可感可触的人。这种具体个别的对人的注意、反省、询问，也成为西方文化的一个源头了。

除了雕像，看当时的日常事物，一个饮酒的杯盅，一面雕花的镜，一个玩偶，也可以揣测当时的生活，也看到不同的生活态度，正像我们看一个中国青铜艺术的展览，也可以看到古人如何把实用与美术结合起来。繁复或朴素，华丽或豪放，代表了不同潮流和风格，不同的生活态度，而这又与历史的发展有关。铜器的纹饰由华丽庄严的兽形发展到比较现实的饮宴、狩猎图形，自然也跟社会的变化，权力的转移有关。

一群小孩子走进摆放埃及文物的其中一个房间。他们的老师领队，正在一个雕像旁边停下来解说。

看见这群法国小学生站在埃及雕像旁边听先生讲解，我不禁羡慕起来。他们多幸运，可以从这些实物中认识历史。我们从来都没有这样的机会学习历史。这样说，不是否定我们的出身，是正视它，烦恼娃娃。我们既然一起走了这么一段路，（不，我说错了。你是不用走路的。你倒舒服，就这样躺在暖和的盒子里。）我想你也逐渐明白我的态度，不用每事解释了。

我很清楚，我在香港居住的地方，不是在卢浮宫附近塞纳河畔的横街。我完全没有幻觉，以为从家里走下楼去，就是第五街或者香榭丽舍。完全没有这样的幻象。住所的墙，在回暖的天气变成潮湿，发出阴凉的光泽，我等待随来的阳光，把它晒干。

我们，烦恼娃娃，从来没有住在一所宫殿里。但我们认为别人宫殿里的画是可以谈的，可以在任何地方谈，在日报上，在通俗杂志上，在热闹的小饭馆，人来人往的码头，在一条半是黑暗半是灯光的路上。我们从来没有过分的洁癖，要把艺术划进某种殿堂，某些颜色的纸张内。我们希望那些东西不要被人专利，不要被霸占、封锁起来，不要被利用来达到另外的目的，不要被当作装饰品，当作名牌的鞋子那样，踩在脚上，踢起灰尘。

如果艺术不被当作那么特殊的东西，那就好了。如果知识向更多人开放，不要被把持，信息不被隔绝，可以沟通，那就好了。如果谈艺术好像谈吃饭那么自然，不必用特别的腔调谈，不必带着特别的狐疑听，那就好了。

回想我的朋友们，烦恼娃娃，在报馆、电台、电视台、电影公司或其他机构谋生，他们工作长长的时间，他们老实、善良、容易被人欺负，他们努力工作，尽力把事情做好。他们交租，还债，或者有了儿女。他们那么忙碌，好像没有自己的时间，每日为生活奔波。然后，偶然，当天气转变，隐约有了阳光，在车船上感到某种感动，他们想做一点什么：喝了酒的，写一首诗，坐在咖啡馆的在格子簿上随手画素描，或者在家里作画，弄得满手火水的气味。

我又迷途了，烦恼娃娃，我听见你闷在盒子里鼓噪。你说我胡思乱想，徘徊不前。

卢浮宫肯定令人迷途。这么多的形象和文字，这么多人重重叠叠的记忆，从一个房间进入另一个房间，迂回曲折来到一个新的进口，竟然又似回到曾经走过的旧地一再重临。两点间有千百种不同的联系，认识新的空间似有数不清的门径，不同的足迹组成不同的结构方法，在楼梯上上下下，在房间里进进出出，那么多的形象和文字，不知该如何整理出一个轮廓，往复流连，我与你在挂画的长廊迷路了。

我们且先一般地看，看欧洲的绘画，然后再走回来，集中看法国绘画。时间是有限的，我们只能集中注意力，专心细看。

过去我们喜欢法国画，是从印象派以后的画入手。但现在这样，从中世纪的画作看起，具体重点地看几百年的画，好像更清楚地说明了新与旧、过去与现在的关系。我们从过去的光影看见现在的光影，从一个海浴者看见另一个海浴者，从一个丰腴的女子看见另一个丰腴的女子，从一个播种者看见另一个播种者，好像画引导你前行和回顾，发现另一张画，向它致意和对谈，告诉你：每一张画都不是孤立的，它们继承过去，引向将来，而在每一个转折点，个人的气质学养，触动自己的发展变化。看这么多年的艺术发展，好像在告诉你：一张没有记忆的画是不存在的。

十四五世纪的宗教画。耶稣钉十字架像、圣母悲恸像。每个艺术家用大体相近又彼此不同的方法写圣母与耶稣的关系，写那悲恸与受苦，用参差的构图，加入或多或少的细节，用较神圣或较世俗的看法，在这类别中，正如在后来的静物画、画家与模特儿等类别里，每个画家承认这传统，又加入自己的变异。重视公众标准的，变异会较含蓄；强调个人抒发的，变异比较显眼。但那仅是参差的变化，在每个时期主流风格里包含个别的变化。一般总是把文艺的发展看作新一代推翻旧一代，其实，一个作家一个作家地看，一张画一张画地看，可以看到许多藕断丝连的关系，新事里面有旧忆。文艺的发展，不是断然一把火烧尽野草，是重心的逐渐移换，背景推成前景，旧的事物逐渐更新，是季节的变易：池塘生春草，园柳变鸣禽。

重视公众或是重视个人，往往看时代风格，这也见于题材的选择。十六世纪的安东尼·卡隆的《三巨头执政下的屠杀》、《奥古斯都与女预言家》用了历史题材，有寓意寄托，画面上往往是大的场景：巍峨的建筑物，浩荡的群众，人物都是有名的，他们的姿势是戏剧性的，衬出对公众而言有重大意义的事件。

与宗教和历史题材的大幅画作比较起来，十七世纪的乔治·德·拉图尔的那些室内夜景人像就像是比较谦虚的作品。

而对拉图尔的兴趣，其实是受了现代口味的影响吧。每一代的艺术家向传统寻找不同的东西，他们"重新发现"过去某个画家，可能并不仅是同意那画家，而是从那画家身上，看到一些不同自己时代的东西，想借一个例外的画家，肯定一种并不流行的素质。在传统的缓变，重心的转移中，每一代回顾传统，把焦点移向优秀而被忽略的作品，为了抵抗通俗的潮流，肯定自己的信念。

拉图尔的声名，是在我们这个世纪才重新确立的。二〇年代和三〇年代，大概因为拉图尔和某些后印象主义画家作品的相似，引起一些人对他作品的兴趣。想不到，距他在生之年差不多三百年，人们才开始去注意这个洛林地方的寻常画家。第二次世界大战后，艺术史家重新发掘他的作品，以及有关他的资料。人们强调他绘画寻常题材和普通人物。在法国战后反法西斯的人民阵线得人心的日子，拉图尔代表了法国文化传统中某些平民的成分。人们回顾过去，往往是为了肯定现在的一些想法。

但现在，当我们站在一张拉图尔的画作前面，那感觉是复杂的。

且不说现代发掘出来的有关他的生平的资料，就是这样，面对那些阴暗的、往往仅被一支烛光照亮的夜景，我们好像感到某种矛盾、某种看来简单又不能圆满解释的现象。

一个长发女子坐在桌旁，一只手托腮，一只手按着膝上的骷髅头骨，在她旁边桌上，灯光的火焰是整幅画光线的来源，照亮了一只手，另一只手留在阴影里，这是《油灯前的马格达丽娜》。

年老的约瑟弯下身工作，小耶稣在他身旁，持着一支洋烛，另一只手挡着火光，烛光透过手，把指头照成透明，把耶稣的脸孔和约瑟的轮廓照清楚。

这是《木匠圣约瑟》。

还有《圣爱莲哀悼圣赛巴斯蒂安》。圣赛巴斯蒂安倒在地

烦恼娃娃的旅程

上，胸部中箭。四个女子在他旁边，由画面中央直至右后方。最后面穿浅棕色衣服的正用双手抹泪，她前面深蓝衣服的合掌低头祷告，黑衣红头巾的摊开两手，最接近他的穿红衣的女子一手握着他的腕，另一只手持着火炬。四个女子低着的头，不同的手势，构成了相似又变异的韵律，而火炬的光，也如同他其他画中的灯光，在黑暗的夜景中，照亮了人们的脸孔、身体的轮廓。

看画，总有那些令人无法圆满解答的东西。比如一方面是平实的人物，一方面是整个构图和手的姿势刻意到十分明显的地步；一方面好像是人性的戏剧，一方面又好像把人推开到某个距离。说是人文主义的作品，又有某种淡漠的对肌肤的疏远。人一方面是人，人一方面又像是戏剧的道具、变成抽象的符号。已经不全是宗教或历史画那样的公众的戏剧，是公众眼中的个人，或者是比较个人的眼光中的公众。

无法圆满回答的东西，令我们想有机会再看一次。或者，再看多一点关于这艺术家的其他作品，想知道他的时代，他的发展，比如说，从早期的《玩牌的作弊者》到后期这些夜景画作有什么不同。又据说战事曾毁去他大部分画作和产业，这对他是个很大的打击。经过这样的事情，对于他作品的发展有什么影响呢？这样的问题，当我们对一幅画发生兴趣，就会想知道更多，由一张画通向另一张画，由一张画通向一个人，带着疑问，又走向长廊中的另一张画。

画作自己也往回看，向四周看。在尼古拉斯·普桑的作品中，你看到古典的神话历史题材，看到同代的意大利画家的影响。他绘画纳西索斯和回声的故事：他的诗人是维吉尔——也是另一个写字的人像。在《诗人的灵感》中，在画面最右方，是维吉尔，仿佛受画面当中的阿波罗启发，正在执起笔来写字。

在普桑这画中，阿波罗是个健硕的壮年人，半披一件红色衣服，倚树坐在那里，右手手臂搁在金色竖琴上，手伸出来，指着诗人的纸页。他看来有点懒洋洋，但不是萎靡，像是运动后的疲倦。左边史诗的缪斯卡丽奥珀是一个丰腴的女子，穿着黄色和白色袍子，一手扶杖，交叉脚站着，脚踝轻轻搁在拐杖旁边。画里的人物健康而肉感，他们态度闲适、放松、自然，处在仿如黎明或黄昏那样柔和的光线中，艺术的创作可以是舒和的闲谈，不必是痛楚的苦行。画中写字的人像，或者是维吉尔，或者是一个普通的青年诗人，脸上有一种朴拙的神色，一手扶着搁纸的板，另一只握笔的手举起来，双脚一前一后地站在那里，仰起头，好像正在思想。有趣的是，他不是望着伸手指向他的纸页的阿波罗神，也不是望着左边的史诗缪斯，也不是望着头上飞翔的握着桂冠的天使婴孩，而是微微仰起头，望出画面外面去，思想，或者望着云端的一点什么。画的背景是意大利画风的微带金光的云朵的蓝天，填满整个画面的是近景丰满的人物的身体、天使仿如婴孩的裸体、树干和叶子，人物身旁漏出背后的蓝天白云。诗人执笔写字，但他的灵感好像已不是来自一个神的指引的手，而是来自整个神与人、自然与人体互相交感呼应的丰富的世界。

这样一个写字的人像，又跟古埃及那个写字的人像很不同了。彼此是不同文化、不同时代的产物。一个是内敛的理智的凝聚，一个好像充满对外面世界的好奇与感应。还有许多不同的写字的人像。不同时代的画家绘画诗人、艺术家的肖像，他们绘自画像、朋友或古人的肖像，好像想在不同的时代，寻找某些素质，肯定某些素质。

过去这些个人的肖像不算多，往往公众的绘画才成为主流，这又与历史的发展有关系。十八世纪的雅克·路易·大卫的历史性画作，固然源于当时考古发现而重新引起对希腊罗马艺术的兴趣；另一方面，也因为他处的时代，令他绘画拿破仑就圣职与约瑟芬加冕这样的历史事件。

大卫绘画加冕、战争、盟誓、瘟疫，都是历史性大事，那往往是一个历史性的时刻，当手刚刚伸出来，矛刚刚竖高，冠冕刚刚举起。《萨宾妇女》是一个例子：画面当中的女子，张开双手，拦阻两边两个操戈的武士。背景是刀戈和头盔高举，杀戮声中沙尘滚滚，近景地上有惊惶的妇孺和卧倒的尸体。一切焦点集中在那女子张开的两臂上，维护着一种平衡，系千钧于一发。整个场景仿佛是连绵的动作突然凝定于一张硬照。那女子张臂的姿势、两个武士操刀执戈的姿势、背后一个女子举起一个婴儿的姿势，都是纪念碑式的。就像在文学方面一样，在十八世纪，新古典艺术笼罩之下，充满对庄严的仰望，然后浪漫主义的画风逐渐突破出来了。欧仁·德拉克洛瓦的画作是一个例子。他绘画死亡与肉欲与革命、裸胸的女子高举法兰西旗帜争取自由，他的阿尔及尔女子带着异国情调的氤氲色彩，他的海景已经充满光影变化，他绘画的神话继承十七八世纪的题材，又带着热情、想象和抒情。我也喜欢他的艺术家肖像，那不是个写字的人像，是音乐家肖邦的肖像。

这肖邦的画像不是纪念碑式的。我们看不见他全身和背景，不见他置身什么历史场景，不见他举手做出戏剧性的姿势来。画里的肖邦只见一个侧面像，那是二十多三十岁的肖邦吧，有点不修边幅，头发有点乱，但也没有什么故意惊世骇俗的地方，只是神情有点严肃，骤看来像个沉思的神父，他略皱着眉，抿着嘴，眼瞪着前面的一点什么，不是不屑，不是愤怒，也没有什么与外界的强烈的对立——对旁边的小小的蚊蝇的嘲讽好像没有听见一样，只是带点淡漠抬起头来看一眼前面走过的人，烦扰他的还是心中的矛盾和冲突。浪漫主义的艺术家的肖像是回到内心的，他们穿深色的衣服，不常常咧嘴笑，看来绝不像一个模范市民。艺术家相信创作最重要的不是平衡、冷静、对称，他们相信创作是挖入内心的混沌、面对那些矛盾和凌乱，用想象而不是用理智组织一切。

从一个时代的作品可以看到潮流和风格，有时从一个人的作品中，逐步也可以看到潮流和演变、艺术的过去和将来。我们看安东尼·华多，比如《舟发西苔岛》，可见先行的鲁本斯的《爱的花园》，又影响了后面整个十八世纪的画风。

我站在那里，看着华多的作品，自然又想起与我谈过华多的人来了。十多年前一个晚上，和亡友 T 在一间咖啡馆里谈到华多的画。他说起在那部描写未来世界的科幻电影里，墙上挂着的一张华多。在那洁白、冰冷的世界里墙上一张欢乐的人像。我想到 T，这个喜爱优雅的俄国小说和电影、懂得什么是宽大的友人，这个单纯如孩童、在外貌的豪放下有敏感的心和细致感情的诗人，他也是冰冷无色的世界中一张优美多情的华多吧。

我站在那里，看着华多的吉洛像，这据说是一个演员的肖像，也有人说是华多的自画像。画中人朴素、笨拙，穿着白色的戏服，脚上穿起绑着红带的白鞋子，是一个普通的演员，但又看来有某种阔大的素质，比画面下方的几张脸孔和背后的树看来巨大得多。那白衣是不是喜剧演员的戏服呢？他的样子看来却不是惹笑的。他有某种单纯的严肃，好像对世事无知，又好像知道了但不愿意遵循。头戴圆帽，过长的衣袖在手肘地方绉成臃肿的波纹，上衣长过双手，阔阔的裤子却短，还不到足踝，好像有点滑稽，但你不会笑他，因为你看到那是一张善良的脸，在嬉笑后面把一切看得非常认真的。

我其实不是在看画，烦恼娃娃，我是在回想我的朋友 T，而他现在已经远去，到另一个世界去了。我回到香港后一星期，一个早上，乘地铁往旺角，在那些五光十色的招牌下寻找一家小戏院，看一场十点半的邵氏电影。邻座的 Z 递给我一根纸烟，我们默默坐着，仿佛在翻阅彼此共同的亲人的照片册。我们的朋友在一出由一位台湾导演拍摄的警匪片饰演贼阿爸，仍然戴着眼镜，面容优雅。

在我们还是同学的时候，T 已经是个敢作敢为、令人瞩目的人。他嘲笑世俗观念的拘谨烦琐，人际关系的装腔作势，但他虽然不容情地讽刺校方官僚常见的狭隘态度，对朋友却并非尖锐得不留余地，相反的是个为人着想的真情的人。他的诗温柔、敏感，淡淡地捕捉了刹那的感受，是安静低沉的声音。我们在那家小电影院里，看这样一部陈旧的动作片，只为看我们不知详情的这段他生命最后日子中的影片。在那位台湾导演因为不了解香港而作出的奇怪的揣测和歪曲中，在暴力的殴斗、满地的血、浮面的义气和不知其所以然的忙乱仓促中，我们的朋友T看来仍然那么沉着，穿着他在英国读书时穿的那样的蓝色外衣和围巾，饰演一个街头写字的人、银行劫案的匪首，在四周的纷乱中他仍然不失风度。我一边看一边揣测他生命后期这段日子，在日常生活中如何自处于那不同的世界？这感情细致的人，如何置身那些浮浅地表达感情的电影中，以及还有没有写他的抒情诗？对于他的生命最后何以走向那样的结局，是什么原因或者是不是意外，我们一直不愿意加以谈论，心中有的只是惋惜和怀念，以及没有吸烟多年以后晨早一根纸烟的苦涩罢了。

柯罗、杜米埃、米勒、库尔贝……T也会喜欢这些画的，正如他喜欢华多的画一样。逝去、分离、隔膜、郁结之中，艺术再带来生命的安慰，把分开的眼睛再重聚在一个画面上。这些十九世纪的法国画家，这些过渡到现代的过程，浪漫主义和现代主义之间有千丝万缕的关联，这共存的过渡阶段也是我们兴趣共通的一点，令本来爱好不完全相同的人沟通交感。人与人的关系，不在一句话、一天、一个月，而是由长远对事物交换意见调整看法而建立起来。艺术的潮流如人的感情发展需要时间，也不会一下子消失。梵高的画作上你看见米勒的记忆，今日法国的乡野仍然呼应柯罗的明媚秀丽。

库尔贝的《画室》，继承过去亦影响后来那些艺术家与画室的画作，那是绘画画家作画，绘画画家与他的模特儿、与画作、与其他人关系的画类。而在这画类中，这一幅明显地包含了他那时代对艺术的看法，以及库尔贝个人才华所作的变异。

宽阔的画面上，画家并不是独处画室，相反，画室里或坐或站地挤满了锦衣的贵妇、肃穆的绅士、沙龙里的文人，也不乏街头卖艺的汉子、流浪汉、潦倒的小人物。画中有画家，也有诗人——《恶之花》的作者波德莱尔正在俯首读诗。法国十九世纪文学中，波德莱尔也像个分水岭，显示了对文艺看法的渐变：例如题材的贵贱、事物的善恶、形式的严谨与松散等种种对立逐渐混淆变幻，这也同样见于这同期完成的画作中。库尔贝的缪斯是个肥胖的裸女，搂着长长的白袍，仿如他的模特儿，却是站在他身后看他作画。画家坐在椅上，一笔一笔在身旁巨大的画布上作画，画的却不是眼前的人物，而是他故乡的风景。围绕着画家的，是孩子和狗儿、穷人、乞丐、贵妇、诗人……在这各种各样的人物中间，画家把他的画画出来。

我回想在 T 家中的书房里谈至夜深，看着画、喝着浓浓的咖啡，然后他旋开钢笔，在一张干净的白纸上给我写下他今日日间完成的一首小诗。是这样一幅写字的艺术家的肖像：他头发蓬松、个子魁梧、却戴着约翰·列侬那样的金丝圆眼镜，双手显得巨大，却握着一管纤小的钢笔，神情严肃地写下一首小诗。他的形象好似是几种矛盾的混合：粗豪不羁的外形底下是一种近于女子的柔情与细致。他对母亲和姊姊非常体贴，对于遇到的女子总有一种常人欠缺的细心与欣赏。他喜欢浪漫主义的诗，他说来港前"文革"初起时就不理众人的批判整天装病躺在床上读普希金。那时我已在翻普莱维尔，但我们有共通的爱好：那处在中间的波德莱尔和里尔克。而且我唯对于他之喜爱浪漫诗没有反感，我真能体会他那种细致与热情。我不能明白的是他这样一个敏感的诗人后来怎样生活在电影片场里，在那些剥削女子、不当人是个人的电影里当场记，对于他是怎样的伤害呢？我只知道他躺在一缸暖水中睡去不再醒来。报上的短讯只报道了一个场记的丧生。我忍不住写了的悼文还要被同版的漫画家撰文讽刺。

我若回想起 T，我若要为 T 绘一个像，为他写一首新的颂诗，我自然无法不连带想起我们的周围，总是充斥着我们无法逃离的那些人的世界。

一幅画连起一幅画、一首颂诗连起别的诗，记忆连起记忆。

我们总是走进一座又一座不同的卢浮宫。一张肖像引向另一张肖像的记忆，我们需要一幅画的记忆，来连起对另一幅画的记忆。

每一首诗，挖下去，又会通向更多过去的诗。书房或是画室，也总没法隔开现实纠缠的问题。相反，那儿总是挤满人，通向人，通向其他的书房和画室，其他更多的人。

从某一个文类，比方说颂诗吧，可以看到不同时代诗学的变异。颂诗本来是最隆重、最复杂也最形式化的抒情诗，多半是在重要场合所作的公众发言，就这样说，倒有点像卡隆、大卫那种公众的绘画。

要追溯颂诗这样的体裁，自然要回到希腊罗马的古典文学，欧洲中世纪的诗作，浪漫主义的诗作。现代的，还有艾伦·泰特那样略带反讽的《给南部邦联死难者的颂诗》，代表了新批评派盛行时的诗观。到了当代，还有当代的颂诗，不算流行的文类，但还是有的。我一直感兴趣的课题：在一个幻变而难以肯定的世界里，还可以写作颂诗吗？想想，多有意思，若一首罗伯特·邓肯的后现代诗作，可以通回古希腊品达的颂诗，又可以向当代发言。

在古希腊，品达的时代，颂诗是用来配合歌舞的，现在只有文字留下来了。颂诗分三部分，充满华丽的文辞、多变的技巧、美妙的意象、急促的连接，颂赞的是君王或竞技的胜利者、神话里的人物。拉丁文学里，贺拉斯的颂诗比较整齐，节奏变化较少。跟品达式的颂诗比起来，贺拉斯的颂诗较内向，是沉思的多于是公众的。

在后世的英、法、德各国著名的诗人，都继承品达或贺拉斯颂诗而作变异。一个出色的例子是荷尔德林，他爱好品达，又启发了里尔克。荷尔德林仿如一道桥梁，把我们引领回到古典的世界。对于我们这些喜爱里尔克在先的人，接触荷尔德林的经验是惊人的。你一面看，一面惊讶于他的真，他的纯，他的深邃。他的素质是近于古典的，带着宗教的情绪，然而每隔不远，你就会发现："呵，里尔克是从这儿得到启发的呵。"里尔克毫无保留地流露了荷尔德林给予他的影响，他诗里带着对另一个诗人的记忆。然而那些古典的情操，到了里尔克手上便逐渐变成现代。

荷尔德林是一座桥梁，一个过渡，在世纪的转角处，他虔诚如僧侣，激越成疯。我喜欢他一首短诗《生命的半途》：

这土地长着黄梨

又满是丛丛野蔷薇

垂向湖水，

可爱的天鹅们

亲吻而酣醉

你们弯下颈子

探入神圣的、清醒的水中。

可是呵，我该往哪里寻找

当冬天来时，花朵，哪里寻找

泥土上的

阳光和阴影?

四壁耸立

无声而寒冷，在风中

风信鸡嘎嘎作响。

　　这不是颂诗，是荷尔德林偶然的一首短诗罢了，却带着他特有的沉思的声音。我没有机会把这诗译给 T 看，我想他会喜欢的。

　　T，我喜欢第一段的丰盈，那是意象的丰盈，土地上长满果实和花朵的丰盈，酩酊于热恋的天鹅的丰盈。一切都好像那么沉重，丰富得满溢出来，累累地垂下。野蔷薇垂向湖水，而天鹅的长长的颈子沉重得不能自持，也弯下来，探入清醒的水中，又找到一个安顿。

　　然后是那两段之间的空行。一个停顿，一阵沉默。

然后是第二段，意象的诗变成声音的诗。从观察外界变成自我沉思。声音不再是平静的，有感叹，有询问，声音不肯定，句子也破碎了。那是一个寻找，发问而没有回答，只有风信鸡在风中嘎嘎作响。

第一段还是春天和夏天，第二段已经预见冬天的来临。在生长和恋爱的季节，生命找到一个安顿。后面写的，却是一个失去安顿的季节。

因为已经离开那安稳的，所以有回顾，有对将来的不确定，有寒冷与残破，有陌生敌意的声音。这像是秋季，像是中年，骚动沉寂下来，果实逐渐成熟，更孤独，看出去直看到远处景物都是寥落的。

诗第二段问了一个问题，有点焦急地自问，我该往何处寻找呢？随即又收敛了。结尾是沉默地听着风信鸡嘎嘎作响。那纯粹景物的观察里有一种忍耐，一种知道问也无用的沉默。我想到里尔克说的开放前的关收。T，你是在这样一个季节离开我们吗？

荷尔德林写到生命的半途，半途就是可以回顾与前瞻的一点。在文学里，意义往往来自那回顾与前瞻。美国当代诗人罗伯特·邓肯的《从品达一行诗开始的一首诗》，从希腊古典诗人品达的一行诗开始，层层开展，生长成一首长诗。除了品达，诗中亦有惠特曼、爱默生、威廉斯、庞德、奥尔森的典故，这诗是对诗的沉思，包含了许多年的文学的记忆。

> 轻盈的步伐听见你而光芒展开了，
> 神的脚步在思想的边缘，
> 匆促的出轨的踩踏在心上。

关于这诗，可说的很多。我最感兴趣的是其中如何运用少女普赛克与爱神厄洛斯相恋的神话。这神话，写过的人不少了，皮科画过，阿波利奈尔的寓言故事里有，邓肯诗里混合了这些不同艺术形式造成复杂多面的立体的阐释，又加入自己的变奏。

从邓肯其他诗文里，我们知道，这神话是他特别喜欢的神话，他不断回到那里，仿佛那是他的一个迷恋。邓肯对于神话的运用，也自有他的看法，比如他笔下对神话的叙述是这样的："那说神话的人带着舞蹈者的狂热，控制不住自己，陶醉于激励的呼吸，大声呻吟，说话忍不住连珠炮发；这不是他认为或希望生命应该如此的故事，这是一个来到他身上迫着他把它说出来的故事。"

所以邓肯心目中的诗，不是一种规矩老成、匠心细雕的诗。需要更大的冒险，更复杂的形式，容纳更多枝节，然后才可以

烦恼娃娃的旅程

把那神话说出来。

少女普赛克的故事，我们都知道了。她是人类灵魂的化身，美丽可爱，爱神厄洛斯忍不住爱上了她，把她挟走带往一个美丽而偏僻的古堡。

厄洛斯很爱普赛克，但因为他是神，样貌不能被她见到，所以他叫她不要看他面貌。普赛克本来很快乐，但经不起其他姊妹怂恿，引她多疑令她恐惧，终于在一个晚上，违背两人默契，趁厄洛斯熟睡了，偷偷点起灯来看他的样子。厄洛斯样貌英俊安详，姊妹的顾虑并无道理，普赛克安心了。不料就在这时，灯油倾泻，溅在厄洛斯肌肤上。厄洛斯乍痛惊醒，又心痛所爱的不能守信，狂吼一声，越窗而去。事后普赛克后悔自己过敏多疑，轻失不能守约，决心到天涯海角寻找厄洛斯，她在地狱里受到考验，受命完成艰难的差事，历尽辛苦，终于找回厄洛斯。

这神话皮科画过，就是普赛克提灯看厄洛斯面目的场景。邓肯诗中也提到皮科的画："在皮科的画面上丘比特和普赛克／有一种受了伤的肉欲的优雅……"诗中不仅是一场一景，是许多场景的立体雕塑。邓肯对这神话感兴趣的地方，是那女子的追寻。他对神话的应用，也跟早期现代主义者如艾略特以神话为组织秩序的做法不同。

在邓肯诗中，女子普赛克与诗人的形象合而为一，经历追寻与跌倒，经历地狱的苦差以智慧解决难题，放开狭隘的自我投身悬崖又寻获新生。邓肯的艺术家形象是一个不再以自我为中心而能向外追寻的人。他的诗人有怀疑、犯错误、尽全力寻找真爱，追寻那几乎不可能的事物。他们不是玩票的诗人，他们非常认真，全力以赴，最后获得所追寻的。邓肯心爱的诗人，如惠特曼、威廉斯、庞德、奥尔森，都不是拘谨顾忌的人，他们都犯错，邓肯称这为光荣的错误。他们不怕犯错，不囿于一般谈文说艺的常规，不怕冒犯一般技巧上简单的守则，能够突破，所以有新的寻获。邓肯对品达的颂诗感兴趣，是在那高昂的飞翔，不依常规的连接，那种艺术上的冒险。他用的是获特·若利和包华的品达译本，他在诗中说："品达的艺术，那两位编者告诉我们说，不是塑像而是嵌镶，是隐喻的累积……品达……走得太远，跌倒了——"。

吸引邓肯的正是这种不怕走得太远，不怕跌倒的精神。

古典颂诗有它的格律，现代作者加以变异，有他的取舍，亦当然有他的理由。我一直在想的一个问题：在当代，颂诗还可能吗？当代的颂诗，颂赞什么对象，用什么文字？邓肯从品达一行诗开始，仰慕颂诗的高昂跳跃，是为了在他自己的时代——在我们这个时代——开拓一种更自由，更复杂的形式。他想写一种弹性更大，连接更自由，包容面更宽阔的诗。他颂赞的是诗人，他心目中的诗人，他们身上有他肯定的素质。那不是过去公认的"一流"的，"众口交碑"的那种东西。他另外确立他颂赞的标准。

邓肯诗的种种素质，也是后现代主义诗作的特色。事实上，以品达一行诗开始的一首诗，不仅是一首颂诗，而是一首对颂诗的体裁反省，宽一点来说，是对诗的一个沉思吧。正如荷尔德林的《生命的半途》也不是一首颂诗，它们都只是与颂诗有关而延伸出来的话语。相同的是两个诗人都对品达仰慕，吸收他的影响。另一个相同之处是两首诗都有回顾和前瞻，都置身在某一个半途，从已有和已经肯定的一点出来，开向不同的其他多面，不仅面对美满也面对错误，不仅面对完全也面对欠缺，不仅面对快乐也面对忧虑。那里有一个冒险，想包容和看清楚芜乱而未界定的事物的冒险。

在卢浮宫看画，一直看下来，你看到那些画与画之间的关联，又看到变异。看诗看画，看到继承，又看到冒险。文艺的发展，就是继承与冒险彼此交互作用吧。

肯定继承和关联，即是说从任何一张画一首诗挖下去，如果挖得够深，连得够广，最终可以通向其他文艺，其他任何事物。这是因为背后有那个大的记忆。冒险同样重要，但创新不等于完全否定过去、抹杀记忆。

艺术需要卢浮宫这样的地方来保存，让更多人看到。文学也需要图书馆保存，研究者搜集资料，分辨整理。要讨论文学，至少要先弄清楚讨论的对象。

在加州，我们学校图书馆八楼，收藏了很多美国当代诗人的资料。仍然活着的诗人，他们的手稿、通信、小型出版社出版的诗集、不同的版本、小册子、封面绘画原稿、演讲朗诵的录音，都收藏得很齐全。老教授莱·夏维·皮雅思（**Roy Harvey Pearce**），《美国诗的延续》的作者，二十多三十年前在伯克利任教时，年轻诗人罗伯特·邓肯和杰克·史派沙（**Jack Spicer**）正在那儿就读，都做过他的研究助理。皮雅思至今仍然乐道当年邓肯如何出版了诗集，逐个办公室沿门兜售，每本卖两元。后来我才知道，难得的是，皮雅思离开伯克利后，一直留意这两位年轻诗人，收集他们的作品，后来更把收藏捐给学校图书馆。老教授的为学做人都令人钦佩，他自己是传统美国文学的权威，但对下一代的年轻诗人，又抱持开放的态度。他是当年最早讨论罗伯特·邓肯的学者之一。在学院内而不排斥反叛的创作，钻研传统却留意新人，有稳固的学术地位却不怕冒险去肯定仍未定型的新尝试，这种态度，实在难得，也有好的影响。学校里每星期的诗朗诵，图书馆诗集的丰富收藏，开的美国诗课程包容新旧，都见出这种开放的作风。

图书馆对当代美国诗人作品的收集和整理，令人羡慕。从八楼走下七楼，回看中文新诗的资料，比较之下，实在令人沮丧了。不是图书馆藏书不多，实在的情况是，从五四以来的新诗资料，大家保存了多少，又其实散失了多少呢？因为这么多年来的政治情况，不知有多少作品和资料埋没了。有些作品，曾经长时间被人略去不提；有些诗集，排好却在动乱中毁掉或遗失，始终没有付印；有些诗人，写过好诗，没有结集，已不幸去世了。这样浪费了多少人力才力！什么时候，我们才可以有一座把一切资料集中起来的新诗图书馆呢？

五四以来的中国新诗，有许多作品成了被歪曲被禁抑的记忆。许多年来，在台湾和大陆，有许多作品看不到。在香港，这么多年来，反能从翻印本、手钞本或报刊零星的介绍中，多少读到一些好作品，没有完全抹去记忆。前辈的介绍和整理，令我们从中学开始，逐渐知道更多中文课本遗漏的过去。

七○年代末以来，再听到许多过去生死未卜的诗人的消息，再见到他们，这是以前未料到的。有些诗人，过去你喜爱他的诗，背诵他的诗，可是对他的生平知道不多，有时报刊上甚至传来他们逝世的消息。然后有一天，你听到他们的近况，读到他们的新作，甚至面对面见到他们。那感觉，就仿佛突然回到历史，突然面对记忆，一时不知如何调整感觉。

这感受特别强烈，尤其因为置身外国。看到外国的诗学讨论，再回顾中文的资料，一方面这么热闹，一方面这么冷落。诗本来是兴趣，理论的讨论就好像是回头来细想自己的兴趣，检讨感受，看是否有更广泛的道理。七八年底，刚写了一篇文字谈袁可嘉四〇年代与六〇年初发表的批评现代主义的论文，讨论现代主义与马克思主义的问题，没多久，就读到袁可嘉复出在《世界文学》上介绍结构主义的文字，后来又读到他新写的对现代主义比较肯定的文字，可以感到，事情正在变化，某些事情迂回了又发展。研究的对象，不是已经盖棺定论，还正活着，还正在转变。

没多久又读到辛笛复出后新写的旧诗，后来更读到他的新诗了。没有过去的作品那么凝练，但仍然继续写，继续发表，本身就是值得高兴的事。

第二个学期结束的一天，下课后与教十八世纪英诗的韦思灵（Donald Wessling）教授一同走往巴士站乘车，我说起这些过去喜爱的诗人，如何又再有了消息，再发表新作。他说："你应该跟他们通信，应该趁诗人在生的时候把你的喜爱告诉他们。"我当时没有照做。

我倒是想先把对这些诗人的看法整理出来。若果只是浮泛的通信，还不如好好花时间看诗，思考一些具体问题，想通一

　　　　　　　　　　　　　烦恼娃娃的旅程

些看法。喜欢一个诗人的诗，希望实在地为那些诗做点什么，希望澄清误解，分辨整理，让好的东西色泽光洁分明，最终还是超乎个人得失和利害关系的。对个人来说，这亦是一个追寻，在追寻的过程里累积了解、贯通种种体悟，然后发觉道路如何可以互通。看五四的新诗，深挖下去，同样要回到中国旧诗传统，通往西洋近代诗，又要回看西洋古典诗的传统。

喜欢一首诗，自然不满足于一声寒暄，仓促的酬酢，而希望有更多时间，长远深入地了解。这需要回到诗本身，细听声音和顿默，细辨节奏韵律一举手一投足的姿势；也同样要回到诗和其他事物的关联：写诗的人本身的发展，社会背景和历史的演变。如果能够不拘泥不迂腐地看，那么，不管细贴入诗的结构，或是拉阔看历史的全景，都同样可以看到复杂牵连的来龙去脉，可以帮助对诗的了解。从资料搜集到理论探讨，每一种工作，不管概括或集中，都是有意思的。

要讨论美国现代诗，在材料方面容易得多。图书馆有特别收藏，省了基本收集和分辨材料的工作。要研究中国现代文学，因为情况不同，基本整理材料的工作还是非常重要，因为太多错误的资料、轻率的意见、混乱的评价，若果只是照样搬字过纸，也就会照样错下去了。因此差不多每个做研究的人都要从头做起，验明许多原始资料。但这样做在目前也是需要的，因为不但传闻未必准确，就算作者自己在回忆录中访问记中说的，也未必准确，有时是记错了，有时是隐瞒了，有时不愿提起，有时是对自己能力看不准。

所以除了参考作者自己的讲法，也得仔细分辨材料，看清楚作品发表的先后，弄清楚影响发展，与同时或同类作品仔细比较，创造出一个新方法看过去，看它的传承与创新。我们总是徘徊于记忆与虚构朦胧的边界。

我后来遇见了绿原，遇见了郑敏，遇见了陈敬容，我遇见了穆旦的朋友，遇见了吴兴华的亲人。不仅是采访和整理材料，也像是开口细问久别的亲人安好。对于那些浪费了的才华，糟蹋了的光阴，改变了的事物，总觉无限惋惜。我不是在写作论文，变成是在写作颂诗；那些过去了的声音充塞在我胸口，迫我说出声来。我收集的材料和录音堆了满屋，一个过分庞大的新诗史的计划压得我透不过气来。N把那些泛滥的材料用到小说里去，她的故事里总有那些肩负着庞大的责任、尝试超越自己的局限的人物。那是我们年轻时深信的素质。

在外面几年，读了不少文学理论的书，逐步整理自己的想法，调整的过程是漫长的，也有意思吧，是一种平衡的力量。

即使在诗学方面，近年的文艺理论，也提供了不少有趣和有意义的看法。当然每一种批评方法，也要看运用得适合不适合。由于想更透彻地看文艺作品，想归纳个别作品中普遍的道理，才发展了文学理论。而把文学理论运用来帮助赏析个别作品的过程，当然也得看运用的创造性和灵活性，看能用得多贴切，看能不能帮助我们看得更深更广。用得好，用得自然，用得有意思，自然是一件美事。

我跟学戏剧的 W 开玩笑般争辩过这问题。他自嘲地说，我也来看理论，写论文了，他又说：有多少论文是装模作样、东抄西抄骗人罢了。我想他是故意自嘲的，因为后来我听他说起他写的题目，倒是有意思的问题，显然不是乱写，不过因为他过去是专搞创作的人，突然面对理论方法，难免有点拒斥。坏的评论文字，可能是生吞活剥，理论和实践扞格不合，但好的和坏的总可以分辨出来，好的文艺理论，的确是可以帮助我们把问题看得更透彻更广泛。我又记得跟 D 谈过理论的问题。她说到人们不分皂白把创作和理论划分，她写了论文以后，别人就说她的画也有"学院"的味道了。她对这觉得啼笑皆非。我又记得，过去在香港时，我也跟 Y 争辩过理论的问题。

Y 当时的反应是：把西方的文学理论运用到中国文学上，会不会变成硬套？我想这主要看对文学的熟悉、理论的了解，以及运用的灵活，做得好应该是没问题的。Y 却始终对这怀疑。

我们背景不同，接触文学的途径不同，彼此好像都有对方缺乏的东西。我们谈论文学，可以谈得很畅快，彼此有共鸣，又常常争吵。Y从中文系毕业，喜欢旧诗，旧文学根底非常好，能写优美的散文，又写精辟的诗话。她文字老练，看问题从开阔处看，是理智的一面，而除了这日常的一面，又同时有某种飞扬高昂的热情，见于少数散文。写过的诗人，如李白和周梦蝶，也是近于这种气质，当她从感情矛盾处感会，也是感知最深，发挥得最淋漓的时候。做一个中学教师时写的文字，见出她对学生的善心，以及在局限的教育制度下，仍对个人力行怀抱理想。她待人处事看问题，平静善良地从大处看，从公众的角度看，认真而端正。但在这以外，她有一个完全是私人的世界，她很少公开谈及，但在文中亦可以从不讳言。公众一面的无私，以及私人方面的诚实，都是罕见的。

Y在研究院的论文是写李白的，我那次回港她影印了一份送我，我在回去的飞机上十多个小时中慢慢看完了。我从她的气质，可以明白她为什么始终喜欢李白，她的观察敏锐，处处见出写作的慧根。我看着有时会想，如果把一些观察串起来，把想法归纳，把问题细挖下去，是不是还可以发展呢？我又想到她对西方理论的怀疑，也了解她的态度。不成熟的硬套的确是会坏事的。我明白我们途径的不同，但到底我也同样欣赏她的比较传统的方法。

Y 的文字里充满旧诗词的记忆。我对她的学问钦佩，对她喜欢的诗意的诗有时却不以为然。我们谈起诗来，也是争吵居多。她会说："你的诗，是铺陈多。是赋比兴的赋。"我说不是这样。我想向她解释为什么这样。我发觉自己很难完全令她接受我为什么不用"诗意"的文字。我们对诗意的定义不同。我说她有一首写都市街道的诗不错，她说："你当然这样说，因为这比较像你的诗。"

　　对于 Y 来说，我的文字有时过分"现代"。我倒是觉得自己无法摆脱记忆，不能忘记，也就犹豫而难以大步前行。我只想，与重重的记忆可以对话吗？即使在香港长大的我们，对事情的看法，也会既有共鸣也有参差。有一种诗，以象征为主，以文字的锻炼、典故的堆砌，作为传统诗意的延伸；以佳词美句，作为巧意的表达；认为诗的言语，是一种不同日常用语的雕琢言语；生命是欠缺，而艺术是不朽的。我的看法不同，我心目中的诗，不必用一种特别雕琢不同日常言语的言语，我不同意有既定的诗意，不认为用"愁损"，"凄恻"，"夕照"之类的字眼，会增加诗的诗意，不认为诗意来自旧文字的堆砌翻弄。根本没有既定的诗意，诗来自组合与发现，普通文字和材料的编织与观察，也可以化腐朽为神奇。写诗，不是为了写"美丽"的文字，真正的诗，来自平凡事物的深挖与重组，透视而见出意义，不在巧丽文辞的装饰，对习惯诗意字汇的条件反应。**Y**却问：你可是要忘却过去？

这并不仅是一个人与另一个人对诗的不同看法，事实上，我们日常生活中同时存在这些不同的态度。我们与**Y**一起去看《风雪夜归人》，对处理感情就有不同看法。**Y**觉感动，我却无法接受：风雪的怒吼，凄惨的天色，贫病的老人，有扶杖前行的踟蹰，有哀号与呼叫，仿佛堆砌了所有悲苦形容词的一篇文字，密密麻麻地没有留下一点空白。若果说不能感人，那不是形容词不足，是所有悲哀的形容词太典型、太懒惰、太没有生命了。相反，我们同看的海豹剧团粤语演出的《李尔王》，其中暴风雨一场，在李尔的悲剧的怒吼以外，尚有弄臣的反讽，时悲时喜，一时疯狂一时智慧，观众一时同情，一时反省；平行李尔王与女儿的悲剧，同时有格罗斯特与埃德加、埃德蒙父子的误会，是衬托也是反映。至于弄臣特别由一个女子来演，李尔与她的关系也复杂了，是君臣，是正常人与傻瓜，是男与女，是父亲与女儿，这关系也可以倒过来，说傻话的未必是傻瓜，李尔叱喝她也需要她。用女子来演，好像多了一点男女在悲剧中互相扶持的关系，她尊敬他又讽嘲他，挖苦他又抚慰他。在极端的悲剧人物旁边，多了这点可以转弯的幽默与慰情，不尽是堆砌的平面的诗意形容词，剧力来自立体的交缠发展，对照

　　　　　　　　　　　　　烦恼娃娃的旅程

反讽，悲喜虚实的一起一伏。

传统的艺术表现方法，有很多优点。现代艺术也有不少地方承接传统而来。那种关联，即使转折，也还是看到。比如中国京剧的表现方法，影响了西方现代戏剧的布莱希特、怀尔德等人，他们的方法又倒过来影响当代的中文戏剧，尽管接受的部分，接受的原因，都跟原来的模子有了距离了。现代与传统既有对立又有关联，在文学批评方面，提出新的方法，并不等于否定传统方法，当代的评论仍然不断回到过去的经典，重新阅读阐释，细看过去忽略了的，看过去和现在共通的地方。即使最传统的评论方法，也同样是有意义的。整理资料，从历史角度，把作者放回他的时空去看，看其他作者与他的关系，看他的发展，同样会有一定的贡献。这些传统的文学批评，优点是在对古典文学传统的熟悉，对历史材料的运用自如。

Y就是从这种传统的文学评论方法出来，我们最欣赏的是她对中国古典文学的熟悉和热爱，也很想知道她来到法国以后对种种新的文学理论的冲击有什么反应。她初抵法国时谈及对语文的忧虑，对论文题目的犹豫不决，还有则是对当代种种新的文学理论想去认识又不知从何运用的迷惘。我们都想这种接触对她会有好处。而那迷惘的原因，后来我们知道，又跟家事有关。我总担心她身处外国，仍是缅怀过去，生活在记忆之中，无法重新开始。好像在 Y 身上，不仅从她做学问的途径，也从她个人经历上，就可以见到旧文化遇见的种种新冲击，我总是想，把这些问题说出来会有意义，可是我又知道多少？可是我又能说得多清楚呢？

我犹豫了，烦恼娃娃，当我们在地铁转车，又坐在这新的地铁站里等待，我想把故事说出来，好教你可以帮助她。可是，我不知为什么，又犹豫于把另一个人的故事说出来。为什么要把这些人的故事说出来呢？总有种种世故的担忧，令我们沉默不语。烦恼娃娃，不如我们就在这儿停下，中止我们的旅程吧。

这是马比翁地铁站，差不多六点半。我们坐在这里，等候朋友。虽然是在一个陌生的城市，但我们肯定她一定守约，依时出现。若果失去联络，她会设法找到我们，她是可以信赖的。

我们把你们从背囊里拿出来，第三盒的烦恼娃娃，希望你们可以在将来的日子帮助她解决烦恼。你们会陆续知道更多她的经历。每个人的生命，由于自己的选择、自己的态度，形成每人不同的图案。过去事件的记忆积聚成今日的样貌。我们耐心去看，可以看清楚其中的色泽纹理。

我认识这些人，都是平凡的人，在香港长大，面对种种局限，又尝试超越。有种种事情拖拉纠结，缠绕不清，他们是朴实的人，做的事情，做事的方法，不是习惯上赢得公众喝彩声的那种方法。放眼四看，价值标准好像越来越混乱了，人们刻意塑造的公众形象和私人形象，都看来那么虚伪，好像是一尊尊碑石，更像纸扎的假人。我宁愿喜欢接触有血有肉有缺点的人，我的颂诗平平无奇，但我已不能颂赞明知虚假的标准，不能不调整角度，我对卡隆和大卫那种纪念碑式的绘画没有什么感觉，我不想绘画丰碑巨碣。

第三盒是送给 Y 的。我打开盒子，与你们说再见。一、二、三、四、五、六、七⋯⋯七？一盒三男三女的烦恼娃娃以外，多出一个娃娃。绾起的头发，圆圆的脸孔，短短的脚。一定是在加州的时候，那女店员无意中数多了，放了进去。无意发生的错误，却已经走了一半路程。我把这例外的娃娃拣出来，放入胸口的口袋，将会与我继续这旅程，走到没去过的地方，我们每次去得更远，或者会跌倒。我们会帮助彼此解决烦恼的。

在那边，Y 和她两个同学走过来了。她们很准时，刚好是六时三十分。

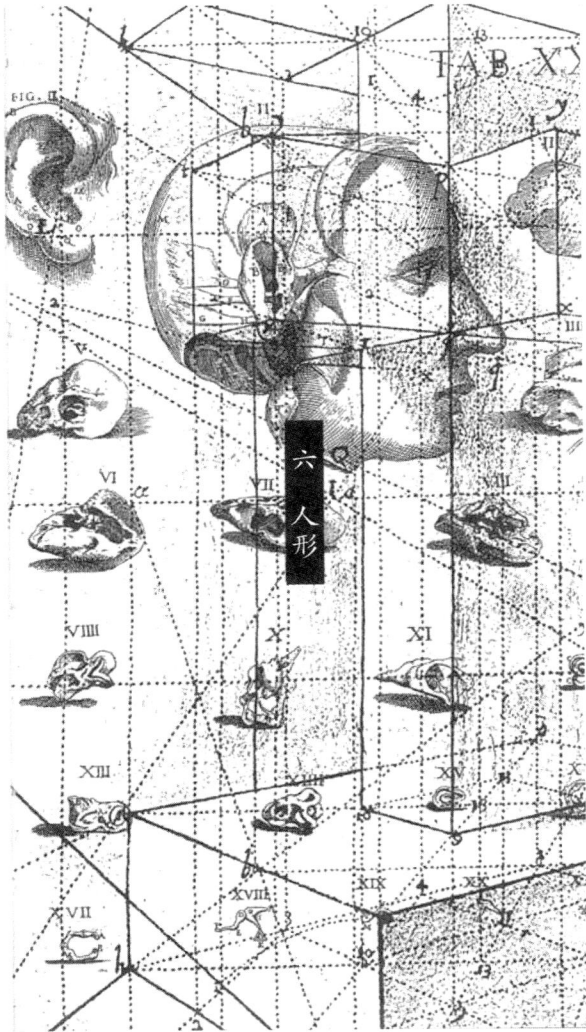

六 人形

我们在花园里散步，两旁高高的树木落尽了叶子，露出赤裸的树干，它们的躯体硬朗，骨节突出，枝丫尖削而又强韧地指向天空。这两列高大瘦削的人形，看来整齐但不呆板，那是因为它们各有不同的韵律，树丫参差地叉开，树干长成独特的姿势，感应自然和人工的变化，逐渐形成自己的面貌。走近去，可以触及一截倔强执拗的躯干，有棕黑阴郁的颜色，远看，高处枝丫的线条变得纤幼，带着朦胧的烟蓝，又是柔和的发丝。树下的地面上有点点黄色和绿色的落叶，在隔开不远的地方，在路中央，转角处，或者在一幅草地上，摆着灰绿的石像，或者是斑斓的青铜像。

是十二月清冷的天气，天空灰灰的，这花园看来很自然，走起来很舒服，是散步的好地方。不是旅游的季节，也不是假期，偶然有一两位母亲推着孩子走过，在那边的长椅上坐下来。听说凡是带孩子进来入场都是免费的，这真是个好措施，这儿也是带孩子长大的好地方，有宽敞的空间，自然的树木，人形的铜像也像是石头或者老树头，同样经历风霜，继续生长。铜像上有雨蚀的绿锈，令它们也变得更像周围的树木和花草。好像因为有这样宽敞的空间，有这样长远的时间，让它们与花草树木相处，有机会对谈，彼此了解，互相生了感应。

走过这些林木路，走过摆满石像的廊下，走入原是贵族府邸的两层展览馆。透过拱圆形的窗子，可以看见外面的花园。雕像散布在不同室中、在窗旁、在吊灯下面、镜子的旁边，空间比较没有外面那么宽敞。我举步走过黑白格子地板，在圆石柱的走廊尽头，是《行走的人》，那是一尊比我巨大，比所有真人巨大的青铜像，我仰望这没有头颅的跨出大步的人。即使在室内比较窄的空间里，你仍可以觉得那种迈步的力量，仿佛听见走路的呼呼的声音，确是"虽千万人吾往矣"的那样的行走。这样的人形，在我们这时代不是常见的。

我走入一个房间，光线比较阴暗，我走近一面镜子。匍匐在镜前，那堆黝深的铜质是一个人像，旁边的镜子重叠了反映，我看见自己的脸孔，出现在两个人像肩膀旁边。光线从这背后照来，光线来自玻璃吊灯？远处另一面镜子，镜中一团朦胧的灯光，一座白色的半身石像搁在镜前，石像的半个背影出现在镜子边缘。光线来自落地拱形长窗。一两个头像放在窗旁的承台和几上，在窗前，一个修长的人像，举起双手。站在这里看不清楚，在镜中，在背光的反映里，好像也是一截断肢残躯。

不，它不是。当我回过身，走近窗前，我可以看清楚这是一个完整的瘦长的人体，站在矮的木几上，右手按着头，左手弯起，两腿微微擘开，一方面好像在向后退却，一方面好像在向前奋起。据罗丹的传记说，这尊雕像原来叫作《被征服的人》，左手本来握着一支拐杖，后来才改名为《青铜时代》。这是罗丹旅行意大利，深深对米开朗基罗的雕像着迷后作的，但是他却决心不要塑一个英雄，不要塑一个米开朗基罗式的超人，而要塑一个普通人，活生生的人。可是，当这尊铜像在布鲁塞尔和巴黎展出时，却被人批评说是太逼真了，是用真人的尸体铸成的。

为什么对栩栩如生的人像不能接受呢？这大概也反映了当时的艺术风气？喜欢某种虚饰的公众形象，不能接受比较逼真的人像。现在看来，当然又隔了一段距离。当时，相对于罗丹，米开朗基罗的人物才是英雄，但今日回看，罗丹的人物又已比今日更多一点英雄气概。他的人物处于半途，在他之后虽仍有纪念碑式的作品，但大的方向都是趋向破碎：或者干瘦如枝丫，或者扭曲如兽肉，或者抽象成几何图形，或者支离不成人形，现代人的形象越来越不清楚了。

罗丹的人像已经逐渐浮现了现代感，他的观察移向矛盾、冲突、热情、苦恼，去看那些不典型、不完整、不为习俗概念接受的。他从怎样的角度去塑造一个有名或无名的人物展开了新的视野，仍然吸引着我们。

巴尔扎克像站在草坪上，带着绿锈的斑迹。巴尔扎克肥胖、丑陋、披一件阔袍，没有了双手，但亦不是没有某种厚重稳秘的素质。背后是绿树的矮篱，高竖起来而落尽了叶的树撑着枝丫纠结如网，巴尔扎克仰着脸，两眼因斑迹仿佛成了两个黑洞。这雕像现在也获得接受，让公众来瞻仰了。在当年，这雕像备受攻击，遭人冷嘲热讽，还被下令禁止竖立在巴黎市内。

罗丹吸引人的是他开始不依照公众标准去观看人、塑造人。巴尔扎克像不同凡响，正因为他选取了这样一个不寻常的形象来凝聚这作家的精神。这不是故意求怪异新奇，是许多观察、搜集资料、找寻模特儿、辛劳的工作再挑选修改的结果。

罗丹的雨果头像也是出色的。雨果当年也是八十多岁，不肯当模特儿。委托罗丹雕像的是朱丽叶·德鲁埃，她跟雨果相爱五十多年，他们初识时他已结婚，但他们一直互相爱护，关系维持至死。塑这像时朱丽叶已患了癌症，雨果每天去看她，读书给她听，喂药给她吃，若果药太苦，他就自己先吃一口，鼓励她吃下去。这些细节很动人，好像让我看到巨人雨果的另一面。罗丹当时就是在病室后面偷偷塑雨果的雕像。用文字或用青铜雕塑人像，都是在许多细节里选择细节，在许多角度中选择角度。

要雕塑人形是不容易的。雨果的头颅巨大，前额宽阔，胡子和头发因铜的质地而更显坚硬执拗，头微微前倾，内里有沉思和起伏的热情，沉重得累累坠弯了。是严肃深思的老诗人，但因了那前额和狭长的轮廓，又有某种年轻坚定的素质。

我特别想着怎样雕塑一个人这问题。怎样从躯体上取一个片段，从一个人的一生中取一个瞬间，从动态里选取一个姿势，希望能凝聚了一个人的精神，多奇妙的事！尤其 Y 约了我们去看雨果纪念馆，更使我想到青铜的雨果与手稿的雨果，雕塑中表现的人与文字中的人。

中午时 Y 约了我们在大学膳堂吃午饭。膳堂闹哄哄的，来自各地的学生，都在说话、进食、挥舞双手、走来走去，尽是刀叉相碰，餐盆推拉归位的声音。餐券只卖给学生，午餐每人六元，确是对学生的优待照顾。在膳堂里总是碰见人，来自香港的学生，学艺术和摄影的，也碰到一些中文系和哲学系的学生，他们都很开朗，很友善，态度踏实，又对读书和工作出路的态度没有那么实际，都是可以谈话的朋友。我们捧着餐盆找位，有人在那边招手，坐下来，有人走过来跟 Y 打招呼，坐下来谈话。膳堂里很吵，我们隔着餐桌，大声说话。这样练惯了嗓子，吃过饭走出外面，还是照样大声说话。

我们告诉 Y 早上在罗丹美术馆所见，她说下午要带我们去雨果故居。她又说，最好是黄昏时分去。她说起自己那次去，黄昏时，坐在那里，看那个优雅的广场逐渐亮起灯火，最是漂亮。可是她今天黄昏有课。我们说改天再去好了，大家又说可以去那里玩。过了一会，Y说还是去雨果故居好，还是雨果故居吧。不过，过了一会她又说，还是黄昏时分去最好。

我们与Y在第四区前行。她也认不得路，逢人就问孚日广场在哪里。年轻的男子，摇摇头，摊开手作出一个抱歉的手势。一个老妇人，想了想，说：呀，是的，雨果的房子，在那边走过去，转右走出去……前面一个老人，却又指向左边的方向。

那确是一个优雅美丽的广场，因为政府保存古物，禁止广场房子翻修外部，所以仍然保存了十七世纪的样貌。我们先在四周散步，走在那些古老宽敞的走廊中央，看古式的大门、石柱、雕花、门上的花纹，仿如走回一个过去了的世纪。

雨果故居在广场的六号。那是他在一八三二年至一八四八年居住的地方。在那些年间，他生命中发生了许多重大的事情。

雨果故居藏有雨果和他夫人的肖像，还有雨果的自画像和自塑像。要给雨果这样的人绘画一张肖像一定是一件不容易的事。他丰富、复杂、充满矛盾。在公众的一面，他是法国最重要的作家、法兰西学院的院士、贵族议员、一度是参政的活跃分子，死后获得国葬，葬于先贤祠；在私人的一面，他的生活

烦恼娃娃的旅程

充满伤痛和激情，长女溺死，幼女成疯，感情生活始终起起伏伏。从过去的看法看，就好像公众和私人两面是截然不同两个人，现代的看法则显出这样划分是虚假的。雨果这个人，繁杂多面见于他的作品，既有颂诗（他也是一个颂诗作者）和宗教诗，也有晦涩艰深的个人的诗，这些不同风格有时也互相交织。他的小说如《巴黎圣母院》，充满矛盾和对比，从丑陋里求诚真，以卑劣衬托善良。《悲惨世界》写于他放逐流亡海外的时期，既包括了从法国大革命至拿破仑下台的历史事件，也是一个个人面对世界不公平的伤害，如何逐渐磨炼成熟为一个更诚实更宽大的人的过程。

我们在雨果故居看到他家族的画像，他收藏的纪念品和画作，古老的家具。我们从照片看到他生前的面貌，甚至逝世后的遗容。我们揣想这生命力充沛的作家，如何在这些房间中踱步、沉思和工作。他一定是爱生活，有趣味的人。我喜欢他用墨水绘画图形，为自己设计木柜和书桌；在不远的地方，是真的制成品。雨果也是一个木匠，他不满别人设计的成品，要用自己方法处理自己独特的生活。

雨果的一生是独特的，他生命中许多重要事件，都发生于他住在这房子的十多年间，比如与朱丽叶的相遇，重要诗集《黄昏之歌》、《心声集》、《光与影》等出版，长诗《奥林比奥》

（*Tristesse d'Olympio*）完成，当选法兰西学院院士、长女里奥普汀意外溺死，开始写作长篇小说《悲惨世界》、被法王谕升为贵族，称为雨果伯爵等。好像一方面他获得了外面世界的荣誉，一方面又在内心经历最大的苦恼。

Y说她上次在这儿看到一个有关他长女的展览。看到保存了她溺死时穿的衣服，还有她的肖像、雨果写给她的文字，可见他对她的深情。她的死亡对他是个重大打击。雨果诗集《沉思集》里就曾把自己的诗作分成两期，以女儿之逝去作为转向沉郁风格的分水岭。

在雨果故居，想到雨果这个人。好像除了他响亮华丽的一面，也看到他低沉抑郁的一面：婚姻的问题、长女的意外、两个儿子先他而逝，还有幼女阿黛尔痴情悲伤的故事。想到雨果本性里也许有某种沉郁隐秘的部分，是因为看到他墙上的画，那些褪色纸张上阴暗的墨色，泄露了异常的梦魇和狂想。巨大的草菇、圆顶的东方寺院、古堡、梦中的混沌中伸出来的手。雨果的世界既有那种厚重的盘皿、镀金的铜器、盖着帷幔的大床，又有不知名的幻影、鬼魅和血痕。强大的生命力里有蠢蠢的骚动。他童年的梦魇一直留下来，据说他视莱茵河为恐怖和悲剧性的，那些古老荒废的高塔，以及河流本身，对他都带有魔力，这种大自然的魔性和神秘性，也见于他的诗画了。

　　　　　　　　　　　烦恼娃娃的旅程

我们走下楼梯，推门走出这老房子，到广场去，想着这老诗人如何垂着沉重的头颅，与我们一同散步，看着这古老广场两旁，新建的商店和咖啡店。Y带我们走进其中一家，要我们试那儿香浓的咖啡和精美的饼食。

咖啡店小小的，很精致。老板娘是个美丽和蔼的中年妇人，Y问起来，才知道店里一切就是由她和女儿打理，饼食也是她们自己烘的。我喜欢她们造的那种浇杨梅汁的芝士饼。咖啡很香浓，盛在蓝花的白瓷杯里。咖啡室里没有什么人，我们坐在那里，喝着咖啡，又再谈起话来。

旅行时，最愉快的时光，往往是看完什么，坐下来休息的时候。和朋友喝一杯咖啡，不必刻意安排什么，就这样自然地、缓缓地说出意见，交换看法，有很多时间去了解对方。在这现代的咖啡室里，我暂时忘却了你，维克多·雨果，和你沉重的头颅。

其实，又没有完全忘却。在看来没有深度的墙壁光洁整齐的平面背后，隐约仍有垂首的人沉郁的目光。那些紊乱模糊的东西，逐渐扩散开来，侵入关于瓷器与饼食那样寻常的话题。这里灯光明亮，色调温暖，然而在这精致现代风味咖啡店的玻璃光影里，隐现了刚才所见褪色纸张上墨色东方梦幻记忆的阴霾。

喝了一杯咖啡，再喝一杯咖啡。记起那回我们离港前和Y喝咖啡，在旋转餐厅，谈起旧诗和新诗、家庭、她办的杂志、教书的经验，说起过去在台湾念书那段日子，不知怎的，她说到当时一段感情："那是很猛烈的，每次都是打电话、打电报，乘飞机从台北到台南。每次都是那么渴望见面。猛烈的爱，猛烈的争吵。"后来他先出国，在那边等她去，她回到香港，犹豫不决，他写信，恳求，过了一年多，终于绝望了。她喝了一口啤酒，后悔地说："其实我当时也是没有体会到他在外面想念我的心情。"事情终于没法挽回。她默默把杯中的酒喝完。

那天她傍晚还要教书。我们走出来，送她回教书的中学去。走在旺角挤迫的街道上，人来人往，她有一点酒意，眼睛有点潮湿，但却是清醒的，缓缓走回学校，给那班中五学生讲解国文。我们握手道别，看见她坦率流露出来的两面，默默为她祝福。

这之前我们在外面读到她的婚讯。听说她婚后搬到离岛，自耕自食，离开市区的尘嚣。见面谈起，才知道实情比文字的渲染少一份罗曼蒂克，多一份生活挣扎的真切。她丈夫是从内地过来的，为了他养病，他们找了个无人的荒岛。用她的话说，就是"霸"一所荒废的村居，种菜为生。整个岛上除了他们只有另外一两个人，没有街渡，每隔一星期要雇船到附近的离岛买日用必需品。生活简化为基本必需的事物，而他们共处的时光是快乐的。我们本来打算进去探访，后来因为风暴，没有成行。

烦恼娃娃的旅程

一场风暴，带来了不少伤害，蔬菜失收，牲口横死。他们吃死去的牲口，重修屋宇。生活是艰难的，她却变得更硬朗，岛上的生活，一直都不安全，不稳定，最后，他们回到市区来工作。

　　生活有不稳定的地方，但两人在一起的时光倒是最愉快的，现在在怀念中尤其显得是这样。

　　她得到机会，出来两年，半年后他回去探亲被扣留，一直没有消息。她暑假回去，想上去查询，却被亲人拦阻了，担心这样没有结果。她去他独住的房间，收拾东西，把房间退回房东。房间很小，没有窗，漆黑一片，她找到他的日记，逐页逐页细看。她的东西，他都用最好的箱子包装，放得整整齐齐，他把她的照片分类，说把好看的与照得不像她的分类，又把独照的与他人合照的分类，这些都是他夜里睡不着时做的事了。

　　我们最初知道这故事，对她很担心。我没有料到也不知道她如何做到的是她那一种面对事情的镇定。她有情，又有一种对生命的严肃，她做的事不符世俗规矩，但她一直全力去做，不动摇，不闪避，好的事情她欣然接受那好，坏的事情发生，她还是能稳定地负起一切。我知道内情，对这种素质感到无限佩服，想把故事说出来。

　　她笑道："随你怎么写。只要不把我的名字写出来就可以了。"我变成一个复述神话的人，不由自主的，这故事来到我身上。迫着我把它说出来。虽然这样，我还是战战兢兢，唯恐把它说歪了。

他日记里有一句话，说这几年来到香港，最大一件事就是与她相识。她想他辛苦试了八次才来到，来了真是为了与她好一场的。她领受到完美的夫妻相处，以后再不盼求，因为已知道极点是怎么回事。有时她说：两人太好了做不了事，他就说："一定有一段时间的啦！"他这句话讲了几年，他们度过了四个亲密的年头。现在，面对丧失，她没有说什么，好像没有辛酸和激愤。

我还未能做到这样。

未见面以前，我们还担心，不知 Y 的心情怎样。两年没见，自然希望探望朋友，了解对方近况，大家好好说说话。但另一方面，知道了半年前发生的事，又不知道是不是来得不是时候。

Y 倒是很开朗，第一晚见面，带我们回学校吃饭，介绍认识她的同学，晚上就把我们安顿在她房间里。她问房东的女儿 F 借来睡袋，把床单和毛毡铺在地上，造成临时的巢。Y 和 F 结成好朋友，每星期一晚教她中国诗，她们一起围坐桌旁给我们提议可去的地方。我们问起什么，Y 便叫 F 问她爸爸，F 便打电话到楼下。我们说起要去南部，问起梵高画过的地方，F 说：

"爸爸叫你们不如去阿姆斯特丹还比去南部容易。"大家不禁笑起来。F也是念文学的，最喜欢的诗人是艾略特，现在正学中文和中国诗。我们奇怪她何以对中文感兴趣，后来才晓得，原来她爸爸是中国人，他四〇年代从中国出来，往美国留学，学成后途经巴黎回国，在巴黎遇见一个法国女子，爱上她，就留了下来，一留就是三十多年。他现在仍在做研究工作，善待在异乡生活的中国学生。

Y的阁楼房很阔大，唯一的问题是邻房的老太太不喜欢吵闹。她警告说，过了晚上十一点，还有人说话，她便要在那边擂墙。我们只好到外面喝咖啡。不远的广场有一家叫"喷泉"的咖啡店，Y说，从未见过它在夜晚关门，不管多晚回家，总是见它亮着灯光，有时足球散场，那儿便坐满了人，尽是喧哗的笑语。咖啡店闪烁热闹，果然是个灯光明亮的没有阴影的地方。

我们坐下来，谈起各种事情。我们说起读书的情况，说起乐府诗的问题，其实，我们想知道的是他的近况，只是不知从何说起。

"最近他家里有信来，说不久会正式宣判。"这样事情反而会明朗点。

她在港时收拾过去的事物，也扔掉了不少东西。她汇钱回去给他家人。她没有说，但我们隐约感觉。好像没有人等着她回去了。

　　或者不是这样，或者只是我们感到她的漂泊。她长胖了，开朗了，有一群朋友，活得好好的。我想到她过去说，"我一直在追寻自己的真面目，然而她总匿藏最深。"作为朋友，我们只能从主观角度揣想，尝试了解过去发生什么事，现在有什么新的烦恼。而我看到的，总会有遗漏，我知道，一定还有那看不见，解释不来的。

　　"回顾自己从小到大，从中学时代的日记起，原来一直描画的，都是一个'情'字，像那位龄官画'蔷'，我是着力而全心地将之描画。有一天，当我感到双手疲累时，也许我亦无恋于人世了。"

　　在窗外，灯光一盏一盏亮起来了，雨果故居的广场，在傍晚时分果然是美丽的。这样一盏一盏灯逐渐在眼前亮起来，让我们看见它善感光明的本质。然后事物就有了层次，轮廓和光晕，剪影和灰暗，飘忽的白雾，褶在线条隙缝里的梦。

　　咖啡店的女主人端来几杯白开水。Y决定不上黄昏的课，与我们一起晚上与D吃饭。我们坐在那里，看着窗外，一对热恋中的男女相拥走过，又停下来，站在那里接吻。这提醒我们这儿是异乡，不同的表达感情的方法。记得Y有一次说，中国女孩子遇到心上人都是更柔顺，西方女孩子却是更清楚地发现自己，要保持自己的独立性。我们在长大的过程，逐渐接触种种不同的文化，表达感情的方式也复杂变异了。

一个人的态度也是从小发展出来的，大概遇到的事逐渐影响，形成每个人今日的样貌。成长的过程是缓慢的，累积了许多人事的影响。

后来我们带礼物给 Y 的父母，在她家里，与她父亲谈话。他是个教国文的老先生，但头脑开明，爽朗，热情，说得兴起，引用李白的诗句。我们不禁感到，有这样的父亲才有这样的女儿。

她父亲关心她的生活，一直看她写的东西，也了解她的发展。可以想象，是在这样的关怀和宽容中，一种比较开阔的个性逐渐成形。他面貌酷似我想象中一个四○年代的中国诗人，热情，不拘小节，从过去来尝试了解我们这一代的人，他说到她不受羁绊的本性，我们谈到外国教育对她的好处，他提起卢梭的自然教育，并且举她当年岛上简朴生活作为例证。他对她过去走的路，没有用世俗的眼光加以判断，反而是从各方面尝试去了解，从明智的角度去思考为什么那样，不断寄书或写信和她讨论，想怎样可以令她发展得更好。

告辞出来，她哥哥送我们走出走廊。我抬起头，看见这廉租屋邨外面有一个广阔的视野，看见整座山峰巍峨的全景。我们的朋友是在这里长大的。

我们走出咖啡馆，觅路走回地铁站。想起来时 Y 沿途问路。她说来前法文根底不好，但来了以后没有放过任何机会练习，她买东西跟人聊天，坐出租车跟司机谈到法国乡村生活，她除了研究院的课程，还去旁听法国文学的课，她跟 F 是好朋友，每星期教她中国旧诗，而每星期一次，她又去一个女老师那儿读法国文学。假期的时候，她还到中部去，给一群度假的法国外交人员烧中菜。她找了一堆烹饪书，买齐材料，硬着头皮上阵。她是中文系的学生，本是很传统的人，使我们奇怪的是她比我们认识的朋友都更没有适应的问题。这也不是崇洋，她态度很平正，没有轻易模仿别人便丧失了自己，是有点像在别人家里做客，开朗积极，做好自己本分，有兴趣知道别人的生活，但也不会扭曲本性来追随另一种标准，是既然有这样一个机会来到，便趁在这里的时候学习吸收，与不同圈子的人都有认识，她说要访问，我才知道原来她还在当地的粤语电台工作。

也许 Y 经历过许多事才再出来念书，所以特别珍惜这经验。她比较成熟，也有心去了解人家的政治、社会和文化。

这些都不算什么出奇的事，我仿佛听见你这样说，烦恼娃娃。

什么是值得称颂的事情呢，烦恼娃娃，什么才是有意义的素质呢？

我们在巴黎与 Y 连日看展览，看"掌中戏"的印象派艺术，看大小皇宫的展览，看"眼镜蛇"画派，看表现主义的大展。我们进入那些诡异的色圈中，我们邂逅种种奇怪的人形。

绘画崇高的肖像还是否可能？抑或我们只剩下残缺与破碎了？

站在画前面，想起了我们认识的种种人。比方某人说：她看见卢沟桥的石狮子就痛哭流涕了。但同行的人说：她根本没有流泪呀！我不是说这是虚伪，我想是既定的崇高观念与实际行动和感受间有了距离。固定的观念没法包括实在的感情，这人没法在日常实践中找到可行的崇高，因而言行分裂了。

在我们这时代，一个人可以说温情、道德、正义、崇高，说着说着直至这些字眼变成完全没有意义。另一个极端则是否定一切，什么也不尊重，什么都冷嘲热讽，认为根本就没有正义、是非，这就是那些所谓真小人的态度了。在这两个极端之间，是否还可以肯定什么，可以有感觉得到的崇高，可以有面对暧昧处境的新道德呢？

在保罗·克利的画展里，有一张画，叫作《越过堂皇的秩序》，克利的画也是这样，越过了既定的、强加的、堂皇的秩序，用幽默和温柔，另外建立一个新鲜的、自然的、可行的秩序来。克利有浓情，但不暴戾；有想象，但不抽离。他有一张画用了很强很浓的红色，但他把这称为"危险的"，立即有了一种平衡，有一份幽默，自嘲的距离，既有感情又有一种观看感情的余裕。他的人眼睛几乎变成圆圈、方格或菱形，他的骆驼几乎只是弧线，树木接近韵律的图案，但他没有抛开了现实世界，纯粹落到冷酷的图案设计里去。他用新的角度来看实物，但现实世界的人事感情又令他新的观看方法有一个落足安顿的地方。他超越了堂皇的秩序，又用他的方法建立出一种新的秩序来。新的秩序，烦恼娃娃，一个人如何可以如克利的一张画呢？不同圈子有不同的秩序，越来越混乱了。一个人可以苦苦适应一个社会，一个圈子，或一个百货公司橱窗的秩序，然后到头来发觉那是虚妄的。

我们走过林立的百货商店，橱窗里灯光明亮，陈列着色彩缤纷的时装。下班的人群匆忙涌过，偶然看一眼里面的模特儿，又继续走路，走下地铁车站。我们乘坐地铁，去另一区，找 D 一起去吃饭。

D 本来问过我，有没有什么人想见。我想起六七十年代读到的《欧洲杂志》，里面有熊和程两位前辈的文章，他们写诗也写诗论，令我十分折服，他们大概都是四〇年代由国内来法，既有深厚的中国哲学和诗学修养，又吸收了西方的诗学和理论，写出醇厚深刻的作品，给我的启发至深，若果能有机会，我当然希望见到他们，D 说有一位国内来的画家 S 跟他们认识，也许可以由他约见。

我们找到 D。D 说 S 不知有没有约他们，不过先到 S 家去吧。如果见不到熊和程两位，S 也是年轻一代里值得一见的人物。于是我们又走下楼梯，再乘地铁，往另一区去。

我们在城市中前行，我们乘搭地铁，从一区走到另一区。人群走进一家一家百货公司，人群回到一所一所公寓房子，在城市的蜂巢里，一格一格里面都各有它们的灯光。地铁上每个人默默坐着，咖啡座里一对一对人坐在那里低声谈话，电影院里每个人瞪着前面，快餐店里每个人自顾自嚼东西。都市的黄昏是寂寞的，每个人回到自己的框格里，没有什么共同的节目，甚至没有共同标准。不同国籍、不同年纪、不同习惯的人各住在自己的框格里。活在同一个办公室里面的人，同一个俱乐部的人，可能对事物逐渐形成同样的想法，生活习惯，办事态度，但越过一条里巷，在另一个空间里，又可能是另外一套。外面一个人无法走进去，提出不同的态度便变成荒谬了。每一个框格有不同的衣着，不同的话题，对事情轻重的标准也各有一套。站在外面的人，会惊讶何以某些重要的事情被忽略，某些枝节的东西当成必须。一个圈子肯定的善良、正直、道德、持久，放到另一个圈子，变成过时伤感的东西。太多框格，没有共同标准，车厢里的一张脸孔，在经过不同的灯色的街头不断改换颜色：红、黄、绿。一个人在不同文化里难以肯定自己。在一个混杂了多种文化的都市里，评事的标准越来越混乱。这么多灯光，叫人眼花缭乱了。

这些灯光，有些过猛、有些微弱。不同框格里，好像各有不同的风景呢。

我们抬头看见 S 居住的高大新款的大厦，每一层都亮着灯光。我们在附近的食物店买了薄若莱新酒，乘升降机上去。我没见过 S，但有朋友跟我推荐过他的画作，我看过复制的印刷品，也在 D 他们家中看过一张静物的原作，觉得很不错。

S 真人更有趣：世俗、活跃、粗俗而雄辩，初看起来跟他画作的精细手工很不相同。他见到我，第一句话便说："香港已经玩完了，你们回去做什么？"我自己是考完试回家去，他则说到香港朋友如何写信来说前途不稳，向他问出路，他说："无论如何要在外面赖下去！"我站起来，环顾他宽敞的公寓房子，包括客厅，两个睡房，厨房和浴室，四壁挂满他自己的画作。我脱去外衣，弯下身解鞋带，说："那么我以后在你这儿住下来好了。"他的法国太太从厨房里端菜出来，我向她解释情况。他还在继续说香港如何糟糕如何不值留恋等等，我说："你这样说不是很容易吗？以你目前的处境，这倒像是在说风凉话哩。"

他没有在香港逗留过很长久的时间。他从内地出来，留了一段日子，就申请到法国去了。他对事物的认识和了解，来自主观对过去经验的解释。他不理会我们这些其他人的家庭环境、过去的发展和现在的想法，就一口咬定地说你们不要存什么知识分子的幻想呀我过去也有热情有理想流过血流过泪……他当过红卫兵，他对"文革"的解释是主观的，把红卫兵简化为激进与稳健两派，过去一切破坏现在一切沉滞都是另一派的问题，他们自己这一派则是有理想的，是被国家被时代被理想出卖了的一代。

听见他这样说，我心里就有点怀疑了。我们是在都市长大的复杂的现代人，不愿意接受轻易的善恶二分，也不相信许多空洞的豪言壮语。与其说被时代所欺骗，还不如检讨自己做过什么，若果在潮流中做错了，也不是一句时代所能推诿的。但在激情的姿势之下，自省的态度反而罕见了。对过去这段历史，实在希望将来有人能逐步公正地整理出来。

S所以说那样的话，有一部分原因是因为D说："回香港，或许还能做点事哩。"S双手合十，瞪大眼睛，严肃地说："好，若果这样说，我无话可说，只有敬重，我坦白说做不来。"他双手一翻，向上翘起，变成攻击性的指头，眼中突然充满愤怒："你以为这是称赞你？这是说你愚蠢罢了。"

S连绵地说下去，不容别人有插嘴的余地。他愤慨激昂，拍着桌子。我自幼对权威性的师长朋友没有好感，吃软不吃硬，对强迫性的理论往往以倔强对待，现在听到这种拍台拍凳的怒火，感到里面有某种虚弱。很奇怪，大家都其实没有说过什么，何以我们的存在对他构成一种挑战，好像对他目前的生活方式变成一种批评？其实我们本来是带着好意，想来看看他的画的。

想不到第一次见面就吵起来。甚至不完全是交锋式的辩论。他不了解我们的想法，也没有尝试去了解。他攻击的是稻草人、转动的风车。是什么令他有这么多愤怒？是他经历的变幻的过去，是他平静的现在？"他说到政治，就是这样的。"他太太说。我也想跟他谈谈政治。但理智的交谈似乎是不可能的。不知为什么，他没法接上别人的话题，回答问话；他沟通的方式只有独白，一直说下去，不停下来让人回答，当别人回答时他就提高声音继续说下去。他仿佛相信，只要他争到发言权，举起手臂，不让其他人有发言机会，他就可以把敌对派打倒。我们啼笑皆非地坐在那里，变成他文争武斗的对象、反对派、敌人。我们偶然掀动嘴唇，又惹得他把声音再提高一点。

很可惜，在外国的中国人也往往分隔成许多圈子，彼此无法沟通。说到政治和艺术，立即就是非此即彼、非黑即白，好像因为大家的记忆中过去那段时空中的大的伤害和激愤，令彼此现在无法交谈。但不能面对过去，也就没有现在呀。当每个人

　　　　　　　　　　　　烦恼娃娃的旅程

退缩回一个习惯的框格里，也不能与不同圈子的人交换意见了。

我走入这个陌生的圈子，本来是想去了解不同背景的人，以为可以互相对话。走入别的圈子，走入别的媒介，就像旅行去一个新的地方，旅程令我们观看各种新的事物，回头来反省自己，但是，遇见过分严密的防卫，会令人无从交谈，一切都变得不自然了。

我尝试回到 S 的画上面去。到底，我们本来是想来看画的，我看过的也觉得不错。他最先从内地出来，画过一些较浪漫的、抗争性的作品，去了法国后，画作收敛严谨了。在外国早期的组画，很留意细节，注意结构，那些墙壁、门窗、走廊，笔法缜密，调子阴郁，有一种破落空寂的气氛。据说他最早的老师比较干涩，后来遇到的另一位则丰润得多，两者对他都有很大影响。他画了不少静物和风景，我们看了一张南部的风景，用色动人。

因为真正看到的画不太多，所以还不能对他的画有完整的认识，也不会这么快下结论。不过我注意到一点，或者可说是他的一个特色。那就是他在每一个阶段画风的改变，都是先希望自己可如何变，然后刻意按照计划去努力做。例如希望自己的画丰润一点，然后就去加上颜色；希望自己的画能为更多人接受，然后就去改变；希望自己画的风景快乐一点，然后才去改变构图。他是一个很能安排事物的人。当他说没人画过比较愉快的秋天风景，而他要第一个做，我禁不住想起其他画过秋天的中国和外国画家，当他说自己水彩的效果做到油彩一样等等，我感觉他是一个很善于说话的人。

S在一定的范围内，例如对颜色的控制，做得很好，但越出这个范围，某些他未能感到安全的事物，他就不愿接触了。谈话也是这样，我听了他自己说的话，想多了解那发展过程，就问他最初是否较少接触理论，又想知道是否他近年来了外国才多点回头看中国古典的艺术？在我是想知道那发展的过程，他的反应却是小心戒备的，他立即就表示自己一直同样重视理论与创作，同等地吸收中国与西方艺术，从开始就是这样。他不谈发展和过程，呈现自己如一幅无懈可击的硬照。我们谈话这么久，他从来没有一次打开自己，没有表示过一丝犹豫，检讨自己可能看错某件事或某方面做得不足。不熟悉的事他避而不谈，打断对方的话，拉回他日常圈子人们对他的称赞去。

我不是要否定这样一位画家，事实上我们没有能力也没有必要否定另一个人，这样做也没有意思，难道我们费尽唇舌只为否定？显然不是这样。S身上有许多不同素质，比如他真是有一种强蛮的生命力，对自己的生命"控制"得非常好，每日无论如何抽出时间作画，每日工作数小时，不管情绪如何都能

　　　　　　　　　　　　　　　烦恼娃娃的旅程

死挨下去。我在他身上看到我自己欠缺的纪律。他对待生命的态度与我截然不同，他的方法是强夺、管理和控制。他不容许生命里有任何不肯定和不能操纵的事物。这可从他谈自己的画的态度表现出来。他熟极如流地说下去，包括了适当的人名和名词，你可以想象他在画室里与人谈画时说过许多次，与画商和画评人说过，与朋友又说过许多次。当他与我谈话他没有兴趣了解我的想法，他是在"表达"自己，要我接受，与谁说都没分别。他的艺术就是表达，画不够就用话说够，当他在你面前说话你会感到他是在对公众发言，没有丝毫私人的、自然的、交流的东西。他不是那种可以和你无目的地在街头散步谈天的人。他对自己生命有了大纲，控制自己的画风，管理自己的转变。他吩咐太太换过碟子。他的态度里有某种威严。他说一位画商告诉他：最伟大的艺术家还是诞生在中原，因为神州地大物博，孕育辽阔的胸怀、广宽的视野，不同港台艺术的小眉小眼，搞什么风水五行（*我们当然立即抗议，说他并不了解港台的东西，但又被他的手势抑止了，他提高声音继续说下去——*），不，这不是他说的，是纽约最有名的画商说的，而且他不完全同意，因为近年的发展，优秀的艺术家离开了国内，说不定在海外形成新的中心了……

他又说到明年打算在港台举行大展。相信会带来新的风气。

他颇有自信地肯定了自己画作中的"悲剧感",说这是没有人做过的东西。他说香港的观众,一定会特别对他的画作觉得感动,（他说曾经来访的香港友人已经证实了这一点）那其实是由于九七将近,香港人开始特别体会到悲剧的意识云云⋯⋯

我们这几个香港人坐在那里,觉得"香港"又一次变成方便别人使用的东西,感到有点啼笑皆非。但出自 S 的口中,好像又不是这么意外。因为当他谈到自己的画作,那么伦勃朗、塞尚、尼采、后现代⋯⋯都可以一律琅琅上口,不管各自脉络而加以借用,那么再陪衬上一个香港,其实也不算什么了。

我是不是说得过分了呢,烦恼娃娃?这样好像是对某种态度的批评,是不是有点不公平?是不是对 S 这画家说得不够全面?事实上,在公众的世界他是成功的,近月才在一个著名画廊摆展览,颇受好评,他在艺术上做的事亦没有人可以否定。只是我怀疑,他那种狠绝的对过去的否定,对权力和威严的崇拜,对秩序的刻意安排而不容许自然变化,是否过去那几十年混乱历史遗留在他身上的阴影?而我隐约感到,世界的变化越来越急促,四面的冲击越来越复杂,操纵式的态度越来越显得无力了。不管是一个艺术家对媒介的控制,对符号的控制（即认为自己心中想表达什么观众就应该感到什么）,或者是一个人对另一个人的控制,回顾和叙述历史的人对历史的控制,统治者对被统治者的控制，说话的人对听话的人的控制，小说作者对叙述的控制，都会受到挑战，不合理的逐渐无法存在，会一步步受淘汰，需要双方互相承认尊重对方的特性，建立起一种更自然更合理的关系来。

就这样看来，S 已经作了的画，跟其他当代法国画家做的没有分别，在画面上看不出分歧，但当他谈自己的画，尽管他也说到结构主义什么的，说下去，从他的偏执和忽略，从他提得太多和避而不提的事物中，还是很明显地感到他历史和文化的背景。那些东西是无形的影子，好像看不见，但又无处不在。在巴黎一个寓所中挨着软绵绵的沙发，喝着薄若莱新酒的时候还是令人不合调地说出激情强辩的话来。

他目前正处于一个过渡阶段。他想作一些不同尝试，他回到中国古诗寻找，我听着他说想作的种种，想这对他未尝不是好事。他在熟悉的范围内做得不错，但对另一种媒介的体悟、对人像的把握等，都不是他的擅长，也是他欠缺的。若果他能从已经可以操纵的圈子出来，去面对其他事物，不管成功失败，都可令他对事了解多一点，视野开阔一点。

我们深夜告辞出来，S 说："画画的人除了对画以外是没有什么偏见的。"Y 笑答："写诗的人除了对诗也是没有什么偏见的。"

地铁已经停驶了，我们只好叫出租车回 Y 家。在车厢里，我回想与S的见面，有点可惜在不大合适的机缘，大家未能进一步认识对方，还有当然就是彼此的背景做成隔膜。其实他是认真的人，无论如何当然胜过轻浮或虚伪吧；他能把握机会，他勤奋作画，都亦是他的优点。我无奈地望出窗外，仍见到疏疏落落的灯光，一盏盏各有不同姿势，只有在比较之下才见到明亮与暗哑，凝定与浮眩，光灿与凶猛。我们在黑夜中倚着车厢望出去的眼光很容易带着错觉和幻觉，低贬了什么，又高估了什么，我们唯有学习自觉自己的偏见，衡量轻重，寻找看事的方法。

说起S认识的熊与程两位前辈，我始终没有见到，D说她和Z也一直没有机会跟他们见面。我十多年前看过他们的文字，对他们的看法很欣赏，但没有自然见面的机会，也不会勉强。在这方面我自觉跟Z比较接近，某种笨拙和倔强令我们放过许多机会。跟S比较起来，Z和我同样不善于呈现自我，不擅用行动或说话把自己表明出来。当我突然置身一个处境，我会无法用别人习惯接受的说话把自己呈现，反而希望别人有耐性了解我之为我是何样的人，在希望与落空之间，屡屡感到荒诞。这种总是无法自我感觉良好地站在正义一边发言，总是自信不足，总是无法把自己解释清楚的态度，又会不会与我们在香港成长的背景有关呢？

正因为反问自己，当我听见 D 在后座说她与 Z 亦未曾有机会与他们见面，我不禁想起他们两人一定经历了许多事情，即使有冲突，但亦有机会共同遇事，可以互相帮助，交换意见。第一晚我们听到 D 说的，明白她的感受，这一刻我开始想 Z 置身的处境和可能遇到的困难。好像因为遇见 S，在比较之下我逐渐明白另一个极端不同的个性。

因为太晚了，D 也睡在 Y 家里。每人各自拥一个睡袋躺在地板上，大家开玩笑说这房间真宽敞，睡了这么多人还有空位。是的，D 旁边还有一个空位。我怀念我们暂时缺席的朋友。

我一时睡不着觉，就坐在窗前，眺望窗外。那些幢幢的阴影，细看会发觉其实是一株株面貌各异的树木。它们一定也经历不少时日，长成现在的面貌，如果仔细观察，也许可以在表面的郁郁葱葱底下，看见了各自成长的过程和艰难呢。

七

知
识

在膳堂吃晚饭的时候，我们谈起整天在现代美术博物馆和印象派博物馆看到的展览，又说明天不知该到哪里去，Y 的同学岑从口袋里掏出两张票，原来是学校安排给外国学生到诺曼底旅行，她说自己临时有事，要让给我们去。恐怕她不是有事，只是好意要我们去罢了。我们多谢她，接过票子。

翌日凌晨起来，Y 带我们乘巴士去车站。我们去得太早，车还没来，就跟碰到的一个同学去喝咖啡。等我们喝完咖啡回来，车早已来了，整辆旅游巴士坐满人，只余下零星几个座位。满车都是来自各处的外国学生，中国学生也不少，有念中文、历史和哲学的，都是 Y 的熟人。因为还有空位，所以她也补票去了。旅游巴士缓缓开动，驶离巴黎市区，向北驶去。有人告诉我们说，这种旅行是政府资助的，帮助外国学生了解法国地方，为他们安排日常活动。今天的节目是先去一个古老的小城乌皇，再去诺曼底海边，午餐在另一个小城，由市长招待，下午还有参观节目。我们很高兴置身这一群有说有笑的学生之间，尤其来自中国香港这群朋友，都很友善，诚恳朴素，乐于与人交谈。他们彼此相熟，但没有形成一排外的小圈子，维持一套成见，反而很有兴趣知道其他地方的情况，从教育到生活，彼此交换了不少意见。车驶出郊外，个多两个钟头后，先去到古城乌皇，这儿据说是圣女贞德出生和最后受刑烧死的地方。贞德不在了，但优雅古老的教堂留下来。这儿是古老和现代混淆的地方。一个红衣女郎鲜活的肌肤倚着教堂剥落崩裂的灰色墙柱。教堂黑沉沉的里面，彩窗并合了古老的红蓝玻璃和数世纪以后补上较新的黄色玻璃。教堂里面沉默肃穆，外面却是缤纷活泼的街道。

走过凹凸不平的石路，看着两旁现代的面包店和时装店，一抬头，看见横跨小街两边的一道石拱门，上面竖着一个巨大的金色时钟，雕着优雅的字体和花纹，不知什么时代留下来的了。从拱门下走过去，看见路旁一所四层房子，一层比一层更向外伸出来，好像一座斜塔，又像一个东歪西倒的醉汉，歪歪斜斜地从上面探出身来。据说因为旧有的马路狭小，两旁房子不准扩建，新起的房子遵从规限，又巧妙地越过了界线。

旧教堂成了此城名胜古迹，莫奈（**是莫奈吗？好像是莫奈吧？**）画过有名的组画，但沿路走过去，在街道尽头，又建起了另一座美丽的新教堂。

古老教堂尖狭耸立，现代教堂却是扁平横列的，上面耸起一个个尖角，好像鱼的鳃，鸟的翅膀。教堂在二楼，下面的空

烦恼娃娃的旅程

间变成市集，售卖鲜花和水果，晃动点点嫣红鲜黄的颜色。石子地面有水光，平凡的石路上隐现光晕，有人和花朵的朦胧倒影，是另一种彩色玻璃，嵌在日常市集人们的踏足之处。铁架承着的木盆里盛着新鲜的生蚝、青蚝、蚬和鱼虾，水光里有晃影，空气中有海鲜咸腥和鲜美的气味。一罩蓝色的伞篷下，人们正在买菜。这日常花朵鱼菜的市集，与沉思祷告的教堂打成一片，变成它的一个实在的基础。

同行的朋友有些来过，有些是初来。K 是读历史的，他也很喜欢巴黎的生活，觉得出来的生活更开朗，更自由，有机会接触过去没有注意的艺术品，好像眼界也开朗了。他研究清史，出来两年左右，第一年用许多时间搞语文，第二年准备论文计划和口试（D. E. A），现在已经过了口试，开始写论文。他们也问起我美国的学制。法国和美国的学制不同，美国一些研究院要求学生在最初几年修够基本的课程，再写成三个不同范围的论文，经过口试，然后再发展其中一篇为正式论文。法国则没有规定基本、修课要求。Y 来了一年多，打算在八三年底考口试，正在为论文题目和其他问题伤脑筋。

当我们在另一个小城，接受市长款待的丰富午餐，喝着红酒的时候，或者当我们漫步在诺曼底海边，看着一边壮观的峭壁，另一边不断涌向岸边的浪潮，我有机会跟这些来自香港的朋友谈话。不仅是想了解法国学制和美国学制的不同，更不是想表面地评定优劣，是想知道不同文化，不同生活方式，不同的教育方法，对人有什么影响。大学本身不过是人们旅途生活中的一站，有较完整的设备、师资，有较充裕的时间，让人学习和准备，补充欠缺，引起人开始去对事物认识和追寻。真正的旅途，开始在学校之后，那要看人们如何继续每日一面生活一面学习，分辨是非，保持兴趣，对新事物仍然敏感，看人们如何把已学过的知识应用到日常难题中，或寻找方法继续追寻未有的知识，寻找最适当的方法去做自己想做的事。往往这才是更大的挑战。

喝酒，谈天，倚着路旁一根灯柱，坐在海边的石堤上，走出码头去。为什么不可以在这样不正式的场合，谈到教育呢？我们这时代对知识的样貌有种种奇怪的迷信。当钱钟书访问美国，海外一些报道文字，说的尽是他如何有摄影机般的记忆力，如何旁征博引，出口成章。其实钱钟书的优点，是在他对资料的了解和汇通。但在海外报道的渲染之下，造成一种错觉，以为学问就是强记，就是典故和资料的炫耀，忽略了他真正优点，轻重倒置了。

另一种对知识的奇怪态度，见于电影《第二次握手》，片中的女主角出国前还在学串字，出国两三年就变成原子物理博士，还是发明原子弹的主要人才，好像以为只要路线正确，不必按部就班学习就可以获得学问了。片中的外国教授帮助她，她问："我怎样才可以报答你呢？"他结结巴巴地说："你可以带给我终生的幸福。"她好像还大义凛然教训他一顿。这类不理解外国实际学习情况而作的猜想，显见编剧的无知，亦会造成坏影响。我们这时代，正多这种把知识神话化、戏剧化、美化或丑化的态度。

一方面有人把知识当作装饰的外衣，攻击他人的武器；另一方面又有人把知识当成垃圾。政治上的偏见认为只要路线正确就可以了，个人的偏见认为可以凭主观爱恶和情绪感应来了解世界。其实知识当然可以用于好的方面，也可以用于坏的方面；可以用得恰当，也可以用得迂腐。最重要的，不是在言谈上炫耀的姿势，而是如何活用到日常生活中去，分辨是非，解决难题。

知识的获得，不必在学院，也可在日常生活中，看每个人用什么态度对待这个世界。在诺曼底海边，峭壁连绵伸展，一直伸延到远方，石壁高高耸立，雄视整面海洋，上面有斑驳的痕迹，是时间的侵蚀，长久沉默和凝聚的结果。我们沿着石堤，走到海的边缘，海浪涌起，碎散，又退去。海浪是生命的动态，不断汹涌，呼喊，拥抱，舒展，那纹理是美丽的。我们站在那里，沿着海滩前行，跟遇到的人打个招呼。峭壁和海洋一直向前伸展，好像没有尽头，在远处，混淆成灰蓝一片，分不出哪儿是峭壁，哪儿是海洋了。

人在开阔的海天之间，显得多么渺小呢。我们一直前行，永远没法走到目力所及的尽头。走着走着，我们停下来，准备回到人们那儿去。在前面，先行的人，折回来，看看表，跟我们打个招呼。

高耸的峭壁和广阔的海洋之间，海滩上点点渺小的人形。每个人都有他的姿势呢，走出不同的足印，各有不同的凝聚，又有参差的波动。向前走，折回来，向前走，折回来。在高空上看，是点点移动的黑影吧。

坐在石堤上就近看，每个波浪都可以是巨大的。刮面的海风，四溅的浪花，白色的泡沫的图案。有活跃，有疲弱，有强劲，有软弱，有严密，有轻浮，有持续，有短暂，彼此互相牵动，构成复杂的面貌。

当我们离开，回看，只见白色的泡沫。在驶开的汽车中回头，峭壁仍然凝立，海洋仍是如此广阔。

我坐在韦思灵教授的办公室里，接过他给我批改过的论文。我心里感谢他说的鼓励的话、所提的意见，好像令我知道自己摸索出来的路并不是荒谬的，确是可以与其他的道路有所往来，能走到某一个地点去，发现的事物不仅对我自己，也可以是对其他人有意义的。我想到这段时间中他迫我看的理论书，借给我看的书本，的确对我有所启发。现在他把自己一本论文原稿送给我，我才知道他多年用心写的一本诗学的大书，终于有人愿意出版了。他说暂时不需要这原稿了。我想他在诗学探索的路上已经走得很远，他的成果对我们正在探索的人总是一种鼓励也是帮助。我们走出他的办公室，已经是黄昏了。我看着他骑上自行车，跟我挥挥手。我独自站在那儿，捧着那本巨大的原稿，看着这朴素的影子，骑在自行车上，渐去渐远。

我坐在办公室里，跟写作班的学生讨论她的初稿。我们尝试并不逐句删改，而是通过讨论，看是否可以扩阔和补充，令写作的人自己可以发现文中的长处和弱点，掌握分寸去修改。有时当我们在谈话中想通了某个问题，想到可以怎样换一个角度去写，或者可以提议什么书去参考，我就感到十分高兴。但有时，我们想到的东西，没法达至一个解决的方法，又令我十分懊恼了。

下午参观的目的地是一座核电厂。我们都奇怪为什么会是核电厂。核电厂引起的安全问题和污染问题，一直受到批评。过去的意外事件，在人们记忆中印象犹新；对气温的改变、对水的污染、对人的辐射、处理核废物的问题，都仍然引起争论，是欧美学生抗议核电的主要理由。参观的原来是一座未建成的核电厂，看来那么空洞、阴森，充满了我们不理解的事物，但又逐渐会来威胁我们的生命，影响我们的生活。我们到头来也只好设法或多或少地掌握那些知识，逐步去理解一切。

我们戴上黄色头盔，走上楼梯。灰色空敞的巨大建筑物里面，划分成许多部分，我们看着那些不知名的巨大金属管、金属池、桶形和圆拱形的容器、铁梯、灰色凌乱的杂物。我们随着向导的手指，仰首看高处一排金属管子，一直伸延到视线不及的远处；我们走到栏栅旁边，俯首看远远低处的宽桶，带着恐高症的晕眩。一说到技术性的名词，我就听不明白了。U 夫妇好心为我翻译。坦白说，翻译了还是不大明白。

U 夫妇也是难得的人物。他们都来自香港，U 读哲学，他太太读历史，研究法国十八世纪的农田制度和税收问题，现在每日还到图书馆翻查典籍，颇有心得。他们两个看问题都很灵活，又能归结到现代的处境来。我在回程车上，才跟 U 详谈起来，原来他正在写梅洛·庞蒂，我们谈现象学、胡塞尔、梅洛·庞蒂，谈得十分投契，一直谈到车子驶回巴黎。原来他最初也对德里达、拉康、巴特和福柯这些人感兴趣，后来读下去才逐渐回过头去重读康德。好像不管是文学和哲学，从最新的潮流开始，最后还是回到传统的根源。他以前已经对西方哲学有稳固根底，来了以后遇到好的老师，可以更全面更深入研习，认识更透彻了。后来说到现实问题，他说将来回到香港不知会找到什么工作，他乐观地说："也不要紧，反正我们这种人要求不高。只要有机会继续看书就可以了。"谦虚、开朗、进取、思考世界的问题，他是来自香港的。

有一阵子，U 和 K 争辩起来，不是面红耳赤的吵架，是彼此对问题看法不同，提出讨论。K 是比较传统的看法，U 则受了当代哲学洗礼，对一般肯定的看法，提出怀疑。我们和 Y 坐在旁边，带笑聆听，看他们如何维护各自观点，提出不同看法。

窗外天色暗下来已有好一段时间了。我们离开核电厂的时候已是傍晚。晃动的玻璃窗反照里，好像隐约也有一座核电厂灰色的轮廓。在这些现代科技文明压倒性笼罩一切的切身处境中，争辩一个哲学论题，会不会不合时宜呢？

是的，烦恼娃娃，我们处处也碰到这类问题了。也许我们也问过自己，别人又来问起我们。大家都说，为什么要谈文艺和哲学？这些东西是不是远离了生活？在一个危机的时刻，不是应该把这些东西放过一旁吗？否则，有忽略现实生活的危险哩。我们不妨也来想想这类问题。

脑中只有零碎的画面。我记得有一晚在好莱坞碗形剧场听完斯特拉文斯基百年诞辰的节目，回到圣地亚哥途中，车子驶经圣奥诺弗雷核电厂。已经过了午夜，望出窗外，突然看见核电厂那儿冒出浓烟，袅袅地涌了半天，后面厂房两盏红灯，仿如两只冷然的眼睛。四周没有人，没有骚动，没有声音。凌晨两三点的苍白路灯、笔直地伸前去的公路、寂静的山边草木。这是正常的每日情况，还是突发的无人知晓的灾难？从电影和新闻中获悉的核电厂灾祸突然涌上心头。但愿我可以有充分的知识，可以理解正在发生什么事。若果眼前这个世界突然消失，那会怎样呢？再也没有汽车，再也没有人，再也没有斯特拉文斯基，连同那缤纷多彩的舞台，活跃生命的春天祭礼，那会是怎样呢？斯特拉文斯基变得特别可亲，一切过去的人情、温度、颜色、姿势、声音、关系，特别显得必须。我想到阿里斯托芬的《蛙》中往阴间寻找一位诗人的旅程，想到陈世骧谈陆机《文赋》创作的背景，在黑暗中如何寻找文辞的光华。

阿里斯托芬的《蛙》，在公元前四〇五年上演。雅典与斯巴达自从公元前四三一年以来，战事不绝，双方都疲累困乏，政治和文化上一团混乱，面临被对方消灭的危险。所以《蛙》的写作和上演，也是在一个危机的时刻。事实上，历史告诉我们，《蛙》上演后半年，雅典终于惨败了。

这么一个在危机时刻写出来的剧本，却是一个喜剧。狄俄尼索斯假冒去过冥府的赫拉克勒斯，带同仆人克珊提阿斯，一直去到阴间，去找一个诗人。这是一个走到世界尽头的旅程，从已经逝去的人事里，设法寻找智慧，望能帮助面对现世的动乱。一开始，我们就见到狄俄尼索斯和克珊提阿斯像一对糊涂蛋。他们大概是古希腊的烦恼娃娃吧，希望替人解决烦恼，先就自己惹上一身烦恼。不过，烦恼娃娃，你比较幸运，我没有要跟你换穿衣服，调换身份。在《蛙》里，去到地府，发觉有人要找赫拉克勒斯算账的时候，狄俄尼索斯就骗克珊提阿斯跟他调换衣服。一旦听说有美味的烤肉和漂亮的女郎款待，狄俄尼索斯又要换回原来衣服。再听说有人要寻仇，狄俄尼索斯又恳求说："好克珊提阿斯，我们再调换衣服吧。"如是者一换再换。烦恼娃娃，找一天我们不妨也来对调一下，彼此从对方的角度看看，说不定会有更多新的体会哩。总之希望我们结果不要像狄俄尼索斯和克珊提阿斯那么倒霉——他们的衣服换了又换，还是一同挨了棒子。

他们的旅程当然不仅是一个换衣服的旅程，他们是去寻找一个人的。在当时，因为是一个绝望的时刻，所以也是一个需要人才的时刻，各种即使是不肯定或者可疑的才干，也需要聚集起来，共同谋求和平安定的秩序呀。可是，在当时，埃斯库罗斯已经在半个世纪前逝去了，欧里庇得斯和索福克勒斯也死了，好像当世优秀的脑袋都不在了，难怪阿里斯托芬笔下的一神一人，要上穷碧落下黄泉，去设法把一个诗人带回阳世，帮助人间解决烦恼。问题是，该带回哪一位诗人？

在混乱的世界里，需要怎样的诗人呢？在《蛙》里，狄俄尼索斯结果扮演了一个评判的角色，那是对诗的评判，当欧里庇得斯和埃斯库罗斯互相争辩，互相攻击对方的诗艺，狄俄尼索斯就仿如一个评判，在心中思量：到底谁是更好的诗人？谁是他那个时代更需要的诗人？谁是他应该带回阳间的诗人？

在阿里斯托芬这喜剧里，阴间也有文学奖什么的，谁被公认为最佳作者，就可以到首府去坐在冥王普鲁托身旁出席晚宴。最佳悲剧作者本来是埃斯库罗斯，欧里庇得斯下去以后，吸引了不少读者，变成向埃斯库罗斯挑战了。好事的公众要求公开比赛，这两位剧作者便公开辩论。比较文明的是：他们公开述说对方作品的缺点，没有在背后冷言中伤。

在这剧里，埃斯库罗斯和欧里庇得斯分别代表了两种相反的对诗的态度。阿里斯托芬采用这两个剧作者真人的一些素质，有夸张也有改动，只为了更清楚突出对比。他对欧里庇得斯其实就不太公平。阿里斯托芬通过他们，只为表现两种诗人的素质，两种对诗的态度。

埃斯库罗斯这角色赞成的是一种复杂狂热的诗作，欧里庇得斯则主张平实严谨，所以他批评埃斯库罗斯说：

他的诗写得猛烈，

充满了声音与愤怒

言语脱缰，放纵，口没遮拦

不是日常闲谈，是阵阵狂风，

句句狂言。

正如旁咏所说："我们从一人（指欧）身上找到机智设计，修饰并且整齐。另一人（指埃）可以随心把树木连根拔起，发狂，放散乱窜的诗行。"

欧里庇得斯认为埃斯库罗斯过分沉重、喧哗、负荷过重，他说自己："我的开场永不混乱，不会随便说大话。它们不艰深。我第一个角色会首先把情节的背景说清楚。"在剧中，欧里庇得斯代表的是写日常秩序、写观众熟悉事物，令观众认出他们自己来的那种作家，埃斯库罗斯则代表希望观众看了戏会改变的那种作家。

在这剧中，埃斯库罗斯这样说他的理想："自古以来，音韵的制作者是把人引向德行和有用的知识的人。"他举出例子，从俄耳甫斯到荷马，作为诗教的实践者。埃斯库罗斯认为自己的诗可以提升众人，引起他们的英雄气概。在这方面，他们两人对文艺的分歧差不多是写实和理想的分歧。欧里庇得斯说自己写的故事都真实，而埃斯库罗斯的人物说话不像普通人物。埃斯库罗斯回答说："对于宏大的思想和宏大的想象，我们必须宏大的言辞。……我为他们竖立纯真的标准。你却把它败坏了。"他感叹的是民族中没有人可以有力量去负起火炬。

他们的争辩还牵涉到诗律。欧里庇得斯批评对方重复和隐晦，埃斯库罗斯则认为对方韵律单调。欧里庇得斯散文化而通俗，有时散漫，埃斯库罗斯则辞采胜于内容。

所以，也难怪当评判的狄俄尼索斯觉得难做，不知如何是好。他好像"一个卖乳酪的小贩"那样品评两位大诗人，只好叫人拿天秤来，衡量两人句子的重量。在这方面，倒是埃斯库罗斯占上风。至于对雅典的现状，欧里庇得斯现实地表示对新将领的怀疑，埃斯库罗斯则认为目前只有这些人才可以拯救这城市，唯有对他们寄以信心。

狄俄尼索斯最后决定选择埃斯库罗斯，把他带回阳间。这样的决定当然跟阿里斯托芬本人对政治的看法有关。

这选择并不表示埃斯库罗斯比欧里庇得斯是更好的作者。阿里斯托芬只是从他们两个角色，选取某些素质，用来讨论文艺、讨论时代问题。埃斯库罗斯本人，从他留下的剧作看来，当然并不仅是歌颂勇气，不仅是文辞华丽。他不仅是会爱国，亦会同时批判战争贩子，谴责劫掠城市的恶行。他剧中对女性的地位和感受有所正视，他不是保守的贵族，他赞成改革和进步。埃斯库罗斯和欧里庇得斯两人当然是古希腊最伟大的悲剧作者，他们的时代，是希腊悲剧达到高峰的时代，到了欧里庇得斯，是悲剧发展最后的高潮，也到了尾声。他本人就是过渡的人物，眼见贵族统治过渡到民主运动，旧势力逐渐崩溃，新兴阶级逐渐起来，他的作品开始转移焦点，对当前社会问题反省批评。这过渡也可以说是由诗的文字过渡到散文的文字，由文艺的时代逐渐过渡到哲学思考的时代。

阿里斯托芬这位喜剧作家，是在悲剧鼎盛的黄金时代之后出现的，以《蛙》这样的作品为例，显然也带着浓厚的反省精神。它的特色是它开始思考文艺的问题。甚至写埃斯库罗斯和欧里庇得斯两人，也是抽象地选择他们的特色，虚构化地表现剧中（**不要忘记这是以地府为背景的一个喜剧**），作者显然不是在为两位悲剧家造像，而是想形象化地提出一些素质，思考当前问题。

所以《蛙》虽是喜剧，或许我们可以大胆说一句，它亦是西方最早的重要文艺批评，早于柏拉图和亚里士多德，开始反省文艺的本质、文艺与时代的关系。而值得注意的是，这种对文艺的反省，是产生在一个动乱时代，是在连绵的伯罗奔尼撒战争中，雅典危在旦夕的时刻，剧作者反省文艺的重要性。

说从阴间唤回一位诗人，好像是说笑话。但每次我们打开一本书，不是从遥远的地方，甚至从阴间，唤回一位诗人吗？而他们往往提醒我们许多事情，令我们从日常繁忙琐碎的工作中回过头来，去想一些遗忘了的东西。

我坐在图书馆里看书，抬起头来，穿过玻璃窗，看见山下浓密的树丛。有一条衣带一般的路，环绕半山，偶然有汽车驶过，沿路一直驶去，视线随着它远去，连绵的山和绿树，宽敞的风景。我看着这异国风景，然后又低下头来，看手上从另一个遥远的图书馆借回来的书。里面一行英文字印着：北平，一九四八。那是在我出生以前，在中国出版的一本英文书。

书的扉页有作者自己的签名，送给图书馆。秀美的字迹写着中文名字：陈世骧。我在写一篇论文的中途，停下来翻查问题，无意中发现这本书。伯克利也没有。结果学校图书馆从远处的图书馆借回来。这个下午，坐在这靠窗的座位，翻开发黄的书页，就仿佛唤回一位逝去的先人，提醒我们一个逝去的世界。

陈世骧不同意过去对《文赋》写作日期的说法，比如杜甫《醉歌行》里说的"陆机二十作文赋"。他的考订是，《文赋》写于陆机四十岁，公元三〇〇年。由这日期，他提出了对陆机和对《文赋》的写作背景不同的看法。

陆机出身东吴望族，东吴灭亡后赴洛阳，见用于西晋政权。他经历两朝，但又既有不能忘怀过去门第的怨叹，复又夹在新朝的政治纷争中，只活了四十三年便丧命。《晋书·本传》里有记载他这种性格：卢志问机父祖，答曰："如卿于卢毓、卢珽相似。"陆云劝机："殊邦邈远，容不相悉，何至于此？"机曰："我父祖名播四海，宁不知耶？"

这种自傲于出身的性格，多少伏下他日后悲剧的祸根。而正是从这位规劝他的兄弟陆云的书信（见《汉魏六朝百三家集》）中，陈世骧考据出《文赋》的写作年份。

在陆机弟陆云致其兄的一通书札中，我们知道与《文赋》差不多同时完成的，有几件较短的作品，包括《述思赋》、《咏德赋》、《羽扇赋》、《叹逝赋》、《漏刻赋》等。在《叹逝赋》里，陆机自述自己年届四十，而《咏德赋》，则是哀悼新逝的张华，这帮助我们确定《文赋》写作年份，从而进一步了解写作背景。

公元三〇〇年，在晋史上是动乱的一年。《晋书》记载有天降血雨、风暴、日食、地震种种灾祸。在现实政治上，赵王伦起事，杀贾后，废惠帝。陆机预诛贾谧功，赐爵关中侯；但另一方面，曾荐用他亦是他挚友的张华，亦在这次动乱中被杀。他当日的矛盾或者伤痛，我们无从得知，留下来的只有作品，这一堆仿如由于罕有的生命力和创作力而突然汹涌出来的作品。

陆机入洛以后，在新朝中一直不得意。这次事变后不久，齐王冏杀赵王伦，陆机托庇于成都王颖。后成都、河间二王起兵讨冏，陆机参与其事，率兵进军无功，因谤为颖所杀。这不过是三年后的事。

因为这样，难怪陈世骧把《文赋》的写作，视为一个天才，面对人类历史最阴暗的年月，心灵受尽磨折，在终于明白自己的绝望之下写成的作品。张华之被杀，引起的哀悼感逝的心情，对他影响至大，有功受封已算不得什么；动乱不安，自己的死亡的阴影已逐渐笼罩过来。这时写下的作品，就是在黑暗中的挣扎。正如弥尔顿诗所说的，驱走黑暗让光明照射，让秩序从混乱中显现出来。

奇怪的是，在这黑暗中产生的作品，却是理智的关于文学的讨论。正如阿里斯托芬在伯罗奔尼撒战争危难的阴影下，写出一个喜剧来讨论诗的本质。在西晋的变乱中，如果我们接受陈世骧的说法，陆机也是在时代和个人绝望的时刻下，提笔写出理智的《文赋》。他讨论诗的重要性、独创性、诗创作的艰苦得失。似乎正因为面对世界秩序的崩溃混乱，所以特别强调文学的秩序，从文学追寻秩序的可能。

《文赋》通体说明艺术构思的动力和过程。它说明由"物"至"意"至"文"的过程，既重视体会、感兴，也重视写作过程的顺畅和蹇塞，因事制宜的安排变化："然后选义按部，考辞就班，抱景者咸叩，怀响者毕弹。或因枝以振叶，或沿波而讨源。或本隐以末显，或求易而得难。或虎变而兽扰，或龙见而鸟澜。或妥帖而易施，或岨峿而不安。罄澄心以凝思，眇众虑而为言。笼天地于形内，挫万物于笔端。始踯躅于燥吻，终流离于濡翰……"陆机论文偏好妍丽，正如《蛙》剧中的埃斯库罗斯一角说宏大的思想和想象需要宏大的言辞，《文赋》也崇尚丽辞和华采："其为物也多姿，其为体也屡迁，其会意也尚巧，其遣言也贵妍。"又说："诗缘情而绮靡。"

《文赋》产生于政治混乱的背景，也产生在中国文学批评史上一个自觉的阶段。在黑暗的背景产生出来的文字，反而特别强调创作的重要和文辞的光华。似乎在混乱的时代，特别感到需要文学的思索，因为它可以扩阔空间，连接时间，反省种种复杂精微的道理，表扬德行，推展变化："伊兹文之为用，固众理之所因。恢万里而无阂，通亿载而为津。俯贻则于来叶，仰观象乎古人。济文武于将坠，宣风声于不泯。途无远而不弥，理无微而弗纶。配霑润于云雨，象变化乎鬼神。被金石而德广，流管弦而日新。"

金石和管弦，就是艺术品了，从具体可见的形象，传达一些看不见的东西。正如图书馆里的一本书，当我们翻开一本书，即使作者已经不存在，我们仍然可以听见他要说的话。那么多书本埋藏在图书馆里，有许多错置了，有许多被遗忘了，仿佛是寄失了、没有回音的信。直至有一天，偶然某个人，查到某本书的名字，去不怕麻烦把它找出来，翻开它细看，然后它才再活转过来。然后一封信又会引向另一封信。看书的人就像狄俄尼索斯，下去阴间把过去的诗人带回人世。当看书的人开始去想书中的话如何应用于现世，他才是收到那信，写信的人才可以活过来。

望出窗外，已经是黄昏了，绿树颜色黝黯了，天边翻出粉红色云霞；衣带一般的环山路上又一辆车驶过，驶向远方。望出窗外，浓烟远了，凌晨两三点的苍白路灯照着笔直伸前的公路，汽车驶前去。望出窗外，晃动的玻璃窗反照里一片空白，我们还在和 U 谈话，车已驶入巴黎市区，迎面是灿烂的灯光。望出窗外，是熟悉的在微风中摆动的山边绿树，小巷中两人絮絮的粤语。不同的空间里，我们所读所谈的事物，衍生不同意义。

我们走下旅游车，坐了两个多小时，现在终于走下来，舒伸筋骨，回到闹市，我们围在车站海报板旁，看那些电影、戏剧、舞蹈和文学讲座节目的海报。一个大城市里不可缺少的东西，它们不是虚无缥缈的事物，它们变成了解城市、了解现代

　　　　　　　　　　　　烦恼娃娃的旅程

生活的实在途径。下班的人潮涌过红绿灯，走下地铁站，在巴黎、纽约或是香港这样的城市里。现代城市生活产生了种种烦恼和病态，产生一些过去没有那么明显的问题。或者是刻板而繁重的工作，或者是依赖权力的没有制度的工作分配，令人疲倦、焦躁、不稳定、失去信心。日常生活的人际关系，上司与下属间、同事间、男女间，产生了种种现实、利用、琐碎、有权力控制而没有感情的关系。知识也可以变成控制的工具、谋利的伎俩。种种联系在消失，感觉被磨蚀，细致的变成粗糙，每个人在习惯中变得更偏执，更麻木，更反复，更要保护自己。特别在香港这样一个地方，目前这样一个时刻，充满对将来的恐惧，恐怕眼前一切将要消失。大家担心事物不是砰然巨响的毁灭，是逐渐无声腐蚀下去。一个人还会觉得需要改变自己吗？真正能改变一个人的事情本来就不多，我们真能从地下找到一个人、一本书，改变这个世界吗？

　　都市的现代生活，变得复杂错综，没法从表面每日发生的事情判断。文艺或是其他沟通的力量，令我们反省，帮助我们思考，去了解事情何以如此。但更普及的是电视的荧幕，嘻哈煽情的闹剧，更普及的是每日报上的专栏，渲染情绪以及流布不准确的传闻，我们如何面对一个反智的社会呢？韧膜越长越厚，尘埃越积越深，肌肤上的茧越来越粗，感觉越来越远。旧友逐渐疏远，不再见面、对谈、沟通意见、互相扶助、继续发展，长久的隔绝带来封锁、恐惧、迟钝、死亡。都市的街头一片死寂，一个一个窗子里偶然有一点灯光，冷冷的，互不相干，各自封锁在自己微弱的光芒里，渐渐暗下去。偶然路边的海报，带着五彩缤纷的颜色，在风中卷起一角，还不甘心地向人招手。

我们走过巴士站，走下地铁站，走上地铁。大家回到不同的区域。本来说要去 U 家里再谈，但太晚了，他住的顶楼房也不宜喧哗。本来要跟另外几个朋友去宵夜，但他们住得远，要赶去乘火车了。一个一个朋友下了车，最后只剩下 Y 和我们，坐在那里。

我们在拉丁区下车，走到热闹的街头，找一个地方吃晚饭。已经很晚了，街头还有那么多人，有人玩魔术，有人弹吉他。那边电影院刚散场出来。那爿希腊小馆摆着一头串烧的小羊，带着鲜明光泽，缓缓转动。辣椒洋葱夹着的串烧肉。插着虾和青蚝的西班牙海鲜饭。颜色、声音、气味、动作……我们沿着有光的地方走，不想拐进黑暗去。

不知怎的，我们选了一家香港小馆子走进去。好像是叫作美丽华？在外国的中国小馆子都喜欢叫作美丽华。我们叫了云吞面，油菜，还有那位广东伙计说留给我们的最后半碟烧鹅。发神经？走那么远在外国还以为有什么特别的旅程结果还不过是吃云吞面？云吞面旅程。吃云吞面是因为怀念在香港的喜欢吃云吞面的朋友？是因为双脚突然风湿走不动？是因为 Y 说想吃中国食物？还是突然被里面温和的灯光吸引？

Y 好像有点不开心，可能是由于朋友的离去；可能是由于香港往事的记忆；可能，我们想，是由于新的烦恼。她没有说，我们也没有问。当朋友仍然可以一起走路，一起吃一顿饭，事情就仍然是有希望的。

吃一碗云吞面，想起香港。在香港长大，在香港受教育。Y 在香港读中学。她说自己的经历没有什么代表性。我们都没有代表性。我想起 W 来圣地亚哥时我们围坐谈到过去接受的中学教育，破碎刻板的教育。仿佛要本来可以是创作的作文变成一种老成、沉闷、大同小异的装饰性的练习，这样的练习，好像不是教人去思想和创造，不是教人自动自发去尊重事物，守信守约，对自己的行动负责；是教导人去说话吞吞吐吐，见机行事，找理由推搪，只在拍台拍凳的喝骂下才会去做一件事，只对职位上或权力上握有权柄的人才会帖服，无条件遵从权威那些善变的标准。

我们不知回去香港会找到怎样的工作。我们可以当教师吗？

我一直不喜欢权威，我不认为一个人握有权力就表示他是对的。过去也有过一些例子，比如在某种情形下，尊重对方，期望对方会自动自觉地明白某些事，做某些事，结果往往是失望了。有人拍台大骂，有人摆起架子，反而有人听话了。想理智讨论，想讲道理，无法令事情改变，但是一些权力的机构，反令人墨守遵循，不去反省是否合理。是什么因素，令人这样做呢？为什么会变成这样？

然后，问题是，到我们要去做一个教师，我们该怎样做呢？

在外面学习，最大的不同，Y说，是把学生当独立的个人，希望他们独立思考，对自己做的事负责。

是的，好像是启发多于责骂、互相尊重的对话多于强辩的压服。

我不知道，如果我去教写作，也可以这样吗？你说在美国的时候教过写作，你真肯定写作是可以教的？ Y问。

教写作的方法也可以这样。正因为我自己不喜欢权威的删改，所以才也特别欣赏这些比较灵活的方法。当我们拿着一篇文的初稿与学生谈话，没有固定的规则（**写作本来就是没有成规的**），要在谈话中捉到重心，看到贯彻出现的问题，想到结构和连接，然后引起写作的人自己去反省作出修正，这做法本身充满挑战性。因为每个人都不同，每篇文章不同，应付每个问题又因人而异，不能一成不变地做去。即使看出了问题，如何能不是高高在上打击对方自信，而是在谈话中由对方自己慢慢想出修改的方法，才最重要。即使提议也不一定要勉强对方接受，是希望对方尽量明白基本问题，明白为何要修改，然后，自己负责去把定稿写出来。这样教，学生会写出杰作来吗？这种教写作的方法，不是最强调某一件制成品，而是重视那写作过程和方法。不再一字一字地雕琢，而是认为若能反省写作方法，可以不断修正，一次比一次做得更好。我们见到学生逐渐写出更成熟的作品，而且能培养他们自己的判断力。

做老师的一定更辛苦了？

这样教写作，对教的人也是一种学习。学习明白每个人不同的思想和表达的方法，思考如何组织和修改，学习面对写作的诸种困难，灵活思索解决方法，学习不把自己的想法和词汇强加在别人身上，学习欣赏不同的文章，再顺应其本身结构，提供创造性的改进。在学习教英文作文的过程中，我们有很多机会与大一大二的美国学生谈话，因此也学习到了解关于他们的社会、家庭、生活态度，比从书本中学到更多东西。

这些对话，仿如昨日的事。我记得初回香港，就跟几位教中学的朋友谈起。她们都是认真的教师，但是，正如 J 说：每人都要上那么多节课，改那么多作文，哪有时间这样逐篇文章跟学生讨论呢？

后来我有机会教过一年创作。在原来的工作之上，负上多一门科目，带三个同学。我真的尝试用这种方法，在导修的过程，有时我觉得好像有所突破，但我对整体的结果不能肯定，因为总有课程以外的更大的网络，不是我可以动摇的。文字也总引向文字以外的东西。学期结束的时候，我给写小说的 **M** 的分数是乙，但我的外国同事给的分数却是不合格，因为他不明白她写的东西。我尝试向他解释，她是通过中国戏曲，写文化的隔阂。

我的外国同事说：写东西文化的问题？我懂得。我过去有个女学生，写她有一天在弥敦道上搭上一个外国人，过了一晚，写文化的隔阂，才真是淋漓尽致！我应该有一天找出来给你看看。但这一篇，我却完全不明白为什么要用这么多中国东西……

M 结果还是拿到乙，毕了业，去当了记者。可惜的是，有好一段时间，一直没再看到她的创作。现在她去了外国读书，我很希望，有一天能再读到她的创作。

　　　　　　　　　　　　　　烦恼娃娃的旅程

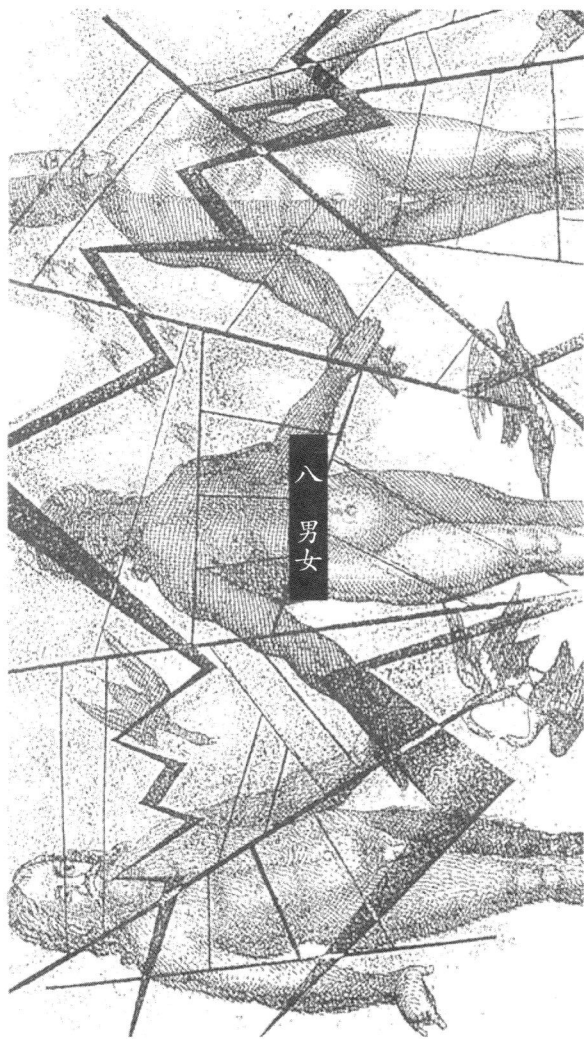

八　男女

前一晚，Y 已经宣布，大家早上要到西面的布农尼树林跑步，然后才准吃早餐。我们连日走路，疲倦不堪，各自躺在地板上，裹在自己的睡袋里，随口应道：

"哦？"（D 拖长了声音，假装不明白。）

"是吗？"（N 咯咯笑起来。）

"吃早餐的时候才叫我吧！"（还是我比较老实。）

我的膝盖作痛，伸不直脚。Y 一口咬定我是年老风湿，这个年老风湿的，想说句话分辩，话还未想出来，已经朦胧睡去了。

一片灰灰的，大概是黎明时分，大家醒过来了，只是赖床不肯起来。天色阴暗，没有人再提跑步的事。Y 照样勤快，起来收拾东西，给我们煮麦片。总是我们懒惰，她每日都有精神，把要做的事情做好。

麦片煮好了。N 第一个起来洗脸，我坐起来，半睡半醒的，D 却打死也不愿意动一根指头。我打开行囊拿衣服，翻到了在纽约时买的录音带，我把它放进录音机里给 D 听：

"是乔妮·米切尔的新歌！"

D 翻过身，仰望天花板。七〇年代我们一起听乔妮的歌。

在朋友的家里听她的歌。第一次醉酒，第一次恋爱，背景里都好似有她的歌声。去海滩游泳的时候、在谁的家里吃饭喝酒的时候、通宵聊天的时候，总是听她的歌。就好像她也变成一个熟悉的朋友，烦恼娃娃中的一个娃娃。隔了十多年，我们又聚在一起听她的歌。我们隔一段距离，知道她生活零星的转变。她三年前与爵士乐手查尔斯·明格斯合作的唱片在商业上大大失败了。几个月前我在加州买了票去听她复出的大型演唱会，结果演唱会临时取消。不知她怎样了。

据说她近期的演唱会都不那么成功。谣传说她失去信心。我们为她担心，但又自我安慰地想，隔一段时间会听到她的新歌，能够唱新的歌，也许就没大的问题了。她的新歌总没叫我们失望，像老朋友写的信。她总是善于体会感情，她的歌写出了我们一直以来对男女的认识与期望。我们聆听她的劝告："我猜你学习去拒绝／你以为应付不了的事情／你的举动就像蛮子／一旦碰上了龃龉／就要彻底把梦想砸碎。"我们在她的宗教里受洗："人们不晓得怎样去爱／他们尝尝就把它抛开／把它拧开又关上／当那是浴缸的水龙头／噢，有时，亮光／是那么难以寻找——／幸好还有窗前的明月——宵晓还不曾把它偷去。"这构成了我们过去多年相信的东西。

在窗外，天色阴冷，微微有一点亮光。在一个阴冷的冬日，等待天空放晴，几乎是渺茫的事。等待人与人之间的沟通也同样困难。乔妮的动人，则是她始终有正面的信心："我将要把我最好的给你……你打开我的心。"

"乔妮·米切尔结婚了。"我告诉 D，像说起一个老朋友的近况。

"结——婚？"拖长了声音，不相信的神色。

是的，她去年终于结婚了。三十九岁。"真想不到，乔妮·米切尔结婚了。我却离婚了。"她轻轻地笑起来。

最先知道 D 要离婚的消息，我也不能接受，我总以为他们的关系是永远的。再听到乔妮·米切尔的歌尤其令人感触。就像听到一个老朋友的消息，我们从头衡量一下自己目前的处境，想到一些久已遗忘的事情。乔妮在自述中说："我一生基本上是在寻找一个伴侣，一种男女匹配的伴侣，彼此在这个没有信心的世界里同样真诚地渴望信任。而我毫不怀疑这种关系是可能的。"我们都这样相信，但也许我们后来逐渐不自觉地离开了这种信心。但我们还是喜欢再遇上乔妮的歌。"我若能说万人的方言，并天使的话语，却没有爱……"Y 从厨房里面唤 D："醒来吧，懒虫！"

N 帮 Y 从厨房里把麦片端出来，看见 D，说："噢，已经醒来了。"听到歌，立即认出来："乔妮·米切尔！"像认出一位旧朋友呢，烦恼娃娃。她们把麦片和水果放好在桌上，D 见没有被捉去跑步才准吃早餐的危险，便也起来坐在桌旁了。

"当我是个孩子，我说话像个孩子——思想和了解像个孩子——但我成长为女人——我放开孩子的东西，开始阴暗地透过玻璃观看。

"当我是个孩子，我面对面看见它——现在我只能部分地知道它。我心中有丝丝缕缕的信心、希望和爱……"

白色的桌面，乳色稍带微黄的牛乳麦片。望出窗外，参差的灰白色建筑物，现实的城市外面是朦胧而不真实的树林。Y把我们从昔日的民歌的梦想里唤醒过来。Y说在晴朗的天气里我们可以看见河，因为当阳光照在河水上我们可以看见粼粼的闪光。在窗旁，四碗麦片、三个女性和一个尝试了解而并不完全了解女性的男性。我们阴暗地透过玻璃，在这阴冷的天气里期望看到河水的闪光。

吃早餐的时候，Y提议不如去看拍电影。有一队香港来的人马，正在拍《巴黎邂逅》。N说有什么好看？我倒是无所谓。Y说她有位朋友负责美工，挺有意思的，要介绍我们认识。我在外国几年，许久没看香港电影了，也想去看看。反正如果不好看，总可以去逛逛拉丁区，喝杯咖啡或看场电影。

D下午还有工作，说不去了。吃过早餐她又钻回睡袋里再睡。Y带我们走下六层楼，才发觉忘了带手袋。我们在楼下大声叫 D。脸孔出现在窗间。Y 叫把手袋扔下来。我们说你不怕把东西摔碎？ Y 想了想，想爬楼梯回去，后来又改变了主意，说不要紧，里面反正没有什么东西。她大声叫 D 扔下来扔下来。一个黑点从天而降，我们伸手去接，都落空了。Y 捡起来，打开，才发觉里面的眼镜、手表和自来水笔全摔破了。

我们跟着 Y 走，先走大路，然后在小巷间转来转去。走了很久。走上一处楼梯，我想象一定是走往艺术家的阁楼。推门进去，原来是个家俬工厂，有几个年轻人低头工作，给家具打磨兼上釉。他们看来是华人，但不知是不是从香港来的，抬头看我们一眼，又低头默默工作，Y 问了个人名，有人摇摇头。我原以为是在塞纳河畔或铁塔前面，没想到来这儿拍戏。也没有演员，也没有摄影机。

Y 去打了个电话，回来领着我们下楼，走往街尾一爿小酒馆。推门进去，角落里坐着的一对男女跟我们打招呼。Y 坐到那个男子身旁，跟我们介绍那是 Q，从事美工的；另一位是，我觉得她有点面善，她说："我们见过面。"微微一笑，并没有说下去。披在肩膀的围巾有许多颜色，好似是淡紫，好似是浅灰。

Q 告诉我们："中午的戏拍不成了！女主角失踪了！"他们本来说好早上在酒店大堂齐集，临时不见了女主角，去拍门才发觉她不在房里，有人说见她大清早与一个男人出去了，有人说她昨晚去了跳舞整晚没有回来。她的未婚夫一早睡了，也不知她去了哪里，知道消息后发了狂似的，一天到晚只是说着一句话："警局在哪里？"一直说要报警，但只是坐在那儿喃喃自语。导演大发雷霆，眼看一个工作日要浪费掉了！一群工作人员就干坐在酒馆里喝酒聊天，有些人偷偷溜出去逛街购物。

我们叫了酒。"来到巴黎，不浪漫一下岂不浪费！"听见有人这样说，我才留意到邻桌高声谈笑的一群香港人。萍水相逢，我们举杯招呼。他们说：这电影真是邪门！刚开始，副导演散步时掉进塞纳河里，头上压一个热水袋卧床不起；女配角照导演吩咐，整天捧着鲜花，结果患上花粉热，一天到晚眼泪鼻水流个不停，打了一个又一个喷嚏。一定是开镜时忘了拜菩萨，现在女主角又离奇失踪，男主角呢？还好，他只是变了购物狂而已——说话的人手指窗外，透过玻璃，我们看见那位英俊的歌星正跳下一辆大货车，向我们这边走来。货车上搁满大包小包的东西，上面都有名牌招纸。他走进来，手搁在左右两位女子的肩膀上，露出雪白的牙齿一笑，然后拿起桌上不知是谁的圆肚杯，把酒一饮而尽，满像电视上那辑在花都拍摄的洋酒广告。

"如果问我怎样才是好导演？"站在那边掷飞镖的高高瘦瘦的汉子，掷一支镖说一句："要快、要省……要拍得多……要赚大钱……法国人也比不上。"这时他对面那位大块头抬起脚畔的

烦恼娃娃的旅程

大麻包袋，吃力地把它搁到桌面上去。（我又再碰见圣诞老人的形象！）但他不是派发礼物，他是在展示花城之行的收获。他打开麻包袋，让我们看他不用付出什么而获得的纪念品：五星大酒店的烟灰缸和火柴盒、从书店偷回来的巨型画册、从超级市场偷回来的罐头鹅肝酱（他解开外衣、拉开毛衣，展示给我们看贴身可以携带多少物件），著名的名胜的路牌、从卢浮宫附近敲下来的一块砖、圣母院旋下来的一根铁钉、露天咖啡座的阳伞和盆花，他甚至还找到一座巴黎铁塔的模型。整个花都变成他袋中拥有的纪念品。这群人好厉害，面对一个陌生的地方，好像不知该怎么办，但不消几天，用言语、用戏谑、用模仿、用金钱去购买、用特技去偷窃，就好像拥有了一点什么，感到好过一点了。

我问 Q 这电影是关于什么的？也许我不该问，当每个人同时回答，百音齐鸣，只落得个模糊的印象，仿如叠不准色线的错误印刷、醉眼中看出去的摇晃人影：艺术家……真爱……绝症……情杀。真是感人，在看症之余他们唱了很多歌。为了证实这一点，男主角开始引吭高歌。Q 从一捆捆电线底下找到他的吉他，拿在手里，慢慢弹起来。一个年轻女子说法国人真是浪漫，另一个说法国男友教她吃乳酪。一个穿大衣的男子说他每隔几个月总要来巴黎散闲心。他喜欢纯正法语，字正腔圆，仿如吃生菜云云。

歌换了一支又一支，有时说爱到你发烧，有时又说不愿做二等公民，但都好似没有什么分别。Q继续拨动琴弦，应和婉转抒情的歌声，有时低头专心弹奏，偶然抬起头来，让垂在额前的头发甩向后面。一曲既终，他停下来，掏出蓝色的烟包，点起火，吐出一口烟。

他们这样唱下去，看来谁也没有兴趣到外面走走。我倒是想出去逛，想看电影。我记得走过拉丁区，看见有电影院正在放映安东尼奥尼的《一个女人的身份证明》。我和N朝外溜，Y浑然不觉，后来发觉了，连忙说："不成，要找人带你们才可以。"我说："不用不用，我知电影院在哪里。"我不想张扬，以免一众人等要说我们去看"艺术"电影。X站起来，说："我和你们一道去！"我说："不用了，我不会迷路。"X说："我不是好心带你们，是我自己想看！"临出门，Y喊X："晚上每人带点食物，在Q家里碰头！"

X熟练地穿过大街小巷，指指点点，有时又走快捷方式，穿过一些暧昧的后巷。灰墙衬出她花裙的张扬。N问："你来了许久了？"她答："好一段日子了。""你在做什么？""我是一个记者——不，我是一个演员，扮演记者的角色。"过了一会：

"不，我是一个记者，偶然客串一个演员。"

一幅全裸的背影，横卧在那里。海报下面是中东人的烤肉店，有一个羊头缓缓转动。卖糖果的小店。五光十色的服装饰物店。电影院前排了十来个人，我们排队购票，进去还是开场了。

电影里的男主角正走上楼梯，他爬入房间又弄响了警钟的尴尬模样，不禁叫我有点失望。我大概期望演员是马斯托依安尼和莫尼卡·维蒂吧。我是否仍然想着旧日的安东尼奥尼呢？电影里的男主角尼科洛也是导演，他筹拍新片，要找心目中的理想女性："像大自然一样的女人。"

安东尼奥尼安排他遇到马维（**不，不是莫尼卡·维蒂，是一个短发丰满的女子**），他最先与她通电话就说："看不见你的脸孔，我无法想象你。"他习惯视觉化地想象。她对于他像是一个谜：有神秘人物来警告他不要惹她、他对她的身世和背景不清楚，在她的社交圈子里觉得格格不入，他觉得她是那么飘忽，一时好像是个自恋狂，一时又好像深爱着他。尼科洛把她带离上流社会的酬酢，去看荒野地洞的颓垣，两人驾车在迷雾中觅路前行……

我站起来，让 X 出去。她过一会又转回来，步伐有点踉跄，跌在旁边的座位上。我说："你没有事吧？"她叹了一口气。我看不见她的表情。她的头歪过来，带着一阵强烈的香气混合着酒气。尼科洛到处寻找，不见马维的影踪，然后他在剧院外面，遇上伊达。

尼科洛在家里又把两只手的食指和拇指伸出来，正反地搭成一个框框，想象伊达在银幕上的样子，（典型的导演作为！）但伊达又是个很不同的女子，她朴实而独立（有几分令我想起D的性格），愿意绝对诚实，甚至帮助他去寻回马维。马维从窗内外望，看着他在下面街上走过，没有表示，显然他们没法再续前缘了。X又把头转了过去，如果她不是发出声音，我还以为她睡着了呢。

尼科洛在威尼斯的舟上向伊达求婚，但回到酒店，伊达发觉有孕，而这是与尼科洛认识以前已经有了的。她不要说谎，坦率把真相说出。她告诉尼科洛："如果不能与你在一起，我会非常痛苦，我爱你，但我愿意为保有这孩子付出代价。"

尼科洛并不能接受。他接触两个女子终于也失去她们。

马维与伊达，迷离与稳定、飘忽与诚实，又何尝不可以是同一女性的两面，一个女人身份的诸种迹象？安东尼奥尼细腻而优雅，走进迷雾，走入洞穴，穿过走廊和房间，欲去还留地停在玻璃窗前，一节节两人的对手戏，拍得无限优美。他注视女性同时反省男性，在变动的现代世界里挖深去看随感情而来的暴戾与宽容，希望有朝一日，人与人能走出迷雾，诚恳而无惧地交谈，互相尊重，创造性地生活下去。

在咖啡室，我们继续谈这电影。大家都说电影拍得好，但N会觉得某些片段过火，不像旧日的安东尼奥尼了。X却说那些性爱的镜头，是尼科洛男性中心的幻想而已，她反而觉得它不够尖锐了。她似乎嫌对尼科洛批判不够，我失笑了："现在的电影都是对男性的批判——不过那个家伙，最后决定拍科幻片，去探讨大自然的谜……"我们都不禁笑起来。我们的导演安东尼奥尼似乎谦虚得多，从自己的困惑出发，去探讨男女关系而已。

N说："关于女性总有一些令我们难忘的好电影：像雷诺阿、奥菲尔斯、马勒、特吕弗……"X对我们过去肯定的事物并没有同感，相反，她一下子就挑出问题，她喜欢的是尚桃·爱克曼（Chantelle Ackerman）、伊冯·莲纳（Yvonne Rainer）、川明夏，她又说到马嘉烈特·冯·佐达（Margarethe von Trotta），我看的不多，我看过《丈夫的朋友》，确有感人的地方，但男性的角色总有点简化，X显然并不同意。我们又说到日本电影，比方沟口健二的作品，细腻优雅地拍出女性在旧社会的遭遇（**使人想到近代中国电影中的女性形象！**）而且充满同情，但X立即反驳说沟口健二本人对女演员十分粗鲁，在生活上亦是典型的大男人主义者呢！她这样说令我觉得过去惯说的话受到挑衅，不得不面对今天的看法回答。我想生活在新旧交替时代的沟口健二，无疑有他的限制，从男性的内疚、恐惧、尊严等开始反省，或者未必妨碍他去体会男性加诸女性的伤害。女性主义者的作品，能从本身经验出发去说具体问题，认识当然更直接、感受更切身。但若果有人从常例以外去体会，从另外的角度去想更宽的人际问题，也未尝没有收获。我们说到引起争论的德国新导演的《西拉斯》(*Céleste*)，果然 X 就表示不喜欢，因为片中的西拉斯似乎只为普鲁斯特一人而活，并不是一种公平的关系。但我觉得西拉斯正不仅是普鲁斯特的管家那么简单，仿佛也变成他的母亲、朋友、爱人、姊妹，在与外界隔绝的天地中，建立了他们自己的秩序。艺术也可以尝试了解不同的个人，探讨常例以外的意义。女性主义的理论教人防卫和对抗，具体地对不公平的事提出控诉；不过对抗和提防只是不得已的过渡状况，不可能是永远的目标。人生徒有现实的常识还不圆满，还需要超过常例，对人力能做到的事有期望和肯定。文艺作品代表了这种期望——我看见 X 在摇头，只好加上一句：我们过去看的文艺作品里有这种期望……因为想超越了对抗去尝试了解，明白了怀疑仍不否定信任。这本来是我肯定的，但说出来，又好像遇到对方的挑战，令我停下来，再想一想。X 没说什么，仍在摇头，我觉得有点丧气，好像我们一向相信的事物受到质疑，我也知道说下去一时也没法说服她。

烦恼娃娃的旅程

不管能不能达到一致的结论，晚饭还是要吃的，于是我们又再沿街漫步前行。菜市场里有新鲜的海鲜，有吊起来的野兔、颜色鲜明的西红柿和鲜花。酒铺门前摆一个大木桶，堆满了薄若莱新酒，每支不过十七元。我们买了红酒又买乳酪，又去买长条的法国面包，挟着走前去。X拿着一瓶酒，风吹起她身上缤纷的衣裙，她瘦削而菱锐的侧脸，暗黑的肤色，还有浓艳的化妆，仿佛是调和了几种矛盾而共存的素质。

　　X向N说："我厌倦了巴黎的精致，我讨厌所有那些花、巧克力、精细的廊柱、雕花的滥调……"一群哗笑的年轻人迎面而来，冲散了我们。"……一个异乡人来到这里，要生活下来，感到筋疲力倦，完全无能为力……也许这只是我自己的问题，在我生活的这一点，好像无法控制一切……"

　　一个高大的中东人走过，向X眨眨眼，笑道："Çava?"

　　"你以为我们是多年老友了吧？"X向N说："从未遇见过的陌生人，会在咖啡店里走过来向你兜搭，问你有没有兴趣跟他上床去！"X苦笑，然后又咯咯大笑起来。"我有我的过去，我有我的矛盾，在这样一个时刻，遇见这样一个城市，只是教我沉下去。它有最好的文化和艺术传统，开放的政治、罢工和示威的自由，但我却一无所有。很长一段时间，我只是为每日起居饮食的琐碎物质担心，跨过路上满地垃圾，我耗尽了一切，一切仍好像是影子，而我已不再年轻了……"

天色逐渐暗下来，街头的寒意愈重。街角那儿有一个行乞的吉卜赛女郎。X突然说："其实我也跟她们没有什么分别呵……"她突然摇摇欲坠，我连忙扶住她，感觉她全身在剧烈地颤抖……

远处的一排路灯，一下子亮起来，我们身处的街头，好像愈加阴暗了。店铺都关了门，四顾发觉身旁突然没有了人影，我们扶着X，加快了脚步，走向最近一座地铁站。

X吃了一颗镇静剂，好多了。现在正倚着墙，喝一杯茶。过一会儿她嫌客厅那边跳舞的人太吵，Q带她往隔邻的房间让她休息。D问："你们今天去了什么地方！"说起来好像没去什么地方，但又好像去了很多地方，四个人坐在窗前吃早餐听歌，竟像是许久以前的事。我们离开乔妮·米切尔七〇年代充满信心的爱情歌谣好像又远了一点。"那么你们后天就回香港去了？"我们点点头。N叫D保重，好好地生活和工作。有了一点离别的情绪，很自然就再说起过去的事。D穿着颜色鲜明的衣服，坐在那张非洲头像的海报下面，说起某些令她愤慨的事情，我们默默地听。说到最后，眼中好像有泪光了。当她说到男性某种不能彻底改变的惰性，我是座上唯一的男性，也只能从男性的角度尝试体会这感受；同时，我也尝试忖测另一个男性的处境，想问题在哪里。她说他对她的欺骗和隐瞒，说他的多疑和妒忌，连她照顾一个患病的邻居也引起争执。这会不会是由于他们置身新的环境，又是在非常不稳定的生活状况中？会不会是由于与外界的隔膜，未能完全进入那社会秩序中与其他人事有比较稳定的关系？又抑或是由于外界种种对他们两人做成骚扰？会不会是由于经济的不稳定、生活和工作的负担令人疲劳？本来相爱的两个人会因为外间压力而变得焦虑和多疑，真是悲哀。但如今我们见到愈来愈多人受到伤害得不到慰藉、精神崩溃无法康复。现代生活遇到的问题愈来愈复杂，人际关系愈来愈困难，结果不仅女性的身份要重新调整，男性也是一样，要做一个男性也同样变得艰难了。

要符合公众期望的形象，愈来愈不可能，也没有意义。D把孩子送回香港，自己把握余下的时间留在法国作画，大概不是传统公众接受的母亲形象，但她真有这个需要，也毅然尽力安排一切了。Y说："你早就该这样做！"

说到公众想法和私人需要，我想起上次和Y说起古诗中社会人和自然人的矛盾冲突。她喜爱的诗人，如李白和周梦蝶，也可以从这个角度体会。六朝民歌绝句对自然生命的歌颂，多么美好！换了在公众的文字或虚饰的交代中就不复存在了。我想Y是喜爱自然生命，她爱民歌舞蹈的妙手天成，如脉搏的节

拍蓬蓬跃动。她说过在一节民间舞蹈中可以看到屡屡蒙尘蒙垢
又再焕发的美丽的中国民间生命。我心目中 Y 是难得地消化了
中国古典文学又能平正地去看外国文化的人。我们说中国古诗
中的男女感情，然后，喝完红酒又想喝咖啡，她去张罗弄咖啡，
回来说："咦，奇怪，Q 不晓得到哪里去了。"

　　等了一会咖啡还没有动静，原来她忘了插电掣。我想起今
天早上，她拾起上面扔下来的手袋，发觉东西全摔坏了的一幕。
我忽然想，Y 或许也从我心目中的形象出来，而对现实的变化
有所调整。我还以为她记挂丈夫，心中抑郁，但其实几年已经
过去，她坦然说现在记挂的已不是丈夫，她仍然给他一切支持，
但在感情上他们已告一段落了。她说遇到 Q 是另一种不同的经
验，但他们相处得很好。

　　我一时答不上话，才发觉屋子里早静下来，人都离开了。Y
说他们一定是去了树林那边拍夜景，她想下去看看。N 和 D 喝
了酒困了想睡，我喝了酒也有点迷糊，但还好，我说我陪你走
一段夜路吧。

　　越过规矩的住宅楼宇，外面是暧昧模糊的重重黑影，要走
好一段路才去到树林的边缘。然后再一段路，才隐约听到人声，
转过一列浓密的树丛，突然转入林间一块旷阔的空地，光亮有
如魔幻之境，叫我们一时睁不开眼来。

　　　　　　　　　　　　　　　　　　　　　　烦恼娃娃的旅程

来自 St. Germaindes Pres 的吞火者哲学家一般站在路旁，独自咀嚼燃烧的棒子，然后向天空吐出忧郁的火焰，根本不理会走过的路人放进他毡帽的金钱。不同角落站着不同乐手。古典的弦乐和印加的笛声此起彼伏。侏儒呵呵怪笑展示巴黎肮脏的沟渠。一个美丽的女子用刀在手臂上割出一道又一道疤痕。跳蚤市场里人们拿着衣裙讲价。涂白了脸孔的人正在用双手说故事，用拇指的转折或者嘴角的下垂来代替惊叫和低泣。小丑抬起头，凝望着旁边的艺人如何把手中的酒瓶一个个扔高，它们仿如风车旋转又轮流回到下面张开的手中，一共有五个、六个、七个……然后又再升高，像蝴蝶一般翻飞。在空中经过的人用网一下子把其中一只兜住。他是骑在一辆自行车上面，车轮行走在一根钢索上，钢索搭在两株大树的树端。他挥动手中的网，踩着脚下的轮子，渐去渐远，终于在远方的黑暗的树尖失去踪影。这时有人喊一声，然后灯光暗下来，人们的动作停顿下来，然后我们才看见树影下面，灯光背后走出来的导演、灯光师、摄影师和其他工作人员，是他们安排了这拼贴性的街头杂烩。

我和 Y 东张西望，往人堆里找人。忽然头上传来隆隆的声音和亮光，仿如纪念大革命的烟花，我仿佛看见游行的队伍，沉默的单车队有标语，令人记起发生的事情。隆隆的声音又再响起，有人告诉我们导演是在实验雷电的效果，准备拍最后雷雨中情杀的一幕。

　　导演正在跟一个女子说话。Y告诉我说："女主角回来了！"她穿着端庄的衣裙，头发束在后面，看来像一个香港的老实家庭主妇。但她一边说话，眼睛到处瞄，腰肢不断摆动，手向上伸，不耐烦地打呵欠，想摇落身上那个角色，四边看可有溜走的机会没有。走近去，可以听见导演解释剧情。她这来自香港的少妇，来到这里，遇上男主角，全心全意爱上他，却发觉他并不专一，背着她仍然偷偷跟许多女子来往。这一场是她追踪来到森林，大雷大雨之下，见他正在偷情，争执之下把他杀死了。女主角撇撇嘴，说了句什么，旁边的人哄然大笑。我没听清楚。但她显然是个多面的演员，一下子又扮回南红和白燕那样的娴淑少妇。我倒是开始给这故事吸引了，白燕如何面对后现代爱情呢？

　　好了，特技开始准备，人们挪开露出林中的空地。正在这时，我突然在移开的人们后面，看见Q和X在一起，他搂着她的腰，正在低声说话。Y显然也看见了，因为她正朝那边走过去，我只好也跟过去。Q跟我们点点头，说今晚特技组的人可辛苦了。

　　我回过头去，看见人造的暴雨已经形成，有人在后面挥舞一块大铁片，发出雷电的声音。男主角和一个女子站在右边，正在接吻，不管雨水淋湿了他们全身。这时女主角从左边入镜，看见了他们，她疯了般直奔过来，跑到男主角身旁，大声喊："你昨晚去了哪里？"而男主角就冷淡说："你管得着吗？"

导演叫 Cut。好像说女主角的感情不够猛烈，我没听清楚。旁边的 Y 和 Q 好像吵了起来，我也听不清楚他们在说什么，Y 压低声音，好像在哽咽。这时特技雷电的效果又再响起，女主角跑过来，冒着大雨，这趟她全身淋得更湿了。她正跑过来，突然半途走出一个男人，把她拦住，大声喊："你昨晚去了哪里？"大概是她现实生活中的未婚夫吧。她听到自己的对白突然从别人口中说出来，愕然不知怎样反应。但他是认真的，不是开玩笑。旁边的人哄然了。导演喊 Cut，现实与电影纠缠不清，大家全围上去，乱作一团。

这时 X 突然站起来，走过我身旁，好像想跟我说什么，但没停下就从后面黑暗的小路冲入森林。她发生了什么事？我只好追过去，进到里面，路愈来愈窄，愈来愈崎岖难走。我无意识地追随前行。去到一处，好像摸索不到出路，眼睛也看不清楚，只听到脚下沙沙的树叶声，自己的喘息声。

突然，有一只爪搭在我肩上，我吓了一跳，伸手按下去，发觉是一只女子的手，我问："到底是怎么一回事？"

这时我的眼睛逐渐习惯了这里的黑暗，靠着外面隙缝漏进来的微光，我隐约可见身前有个女子的轮廓。声音就是从那儿传来的：

"你真的要知道一切吗？"

我点点头。然后想她也许看不见，便说："是的。"声音不知怎的有点混浊沙哑。再看清楚，我看见前面的黑暗中有一对发亮的眼睛看着我。

"为什么要知道？是为了帮助我？引诱我？控制我？"

我感到她的脸孔贴近过来，熨热的。搭在肩上的手却变成攻击性的，捏痛了我。我想到一日中提到的男性：歌中的逃避的男性、电影里寻找"理想女性"的导演、朋友口中的惰性、撒谎的男性、戏中变心而遭情杀的角色、X 口中那些在咖啡座上想勾引她的男性。这些重重叠叠的男性角色大概也堆叠在我头上了。我叹了口气，退后一步。

搭在我肩上的手没有松开，它钻进衣领里去，把我的肩膀扳过去，但当肩膀给拉前了，那手又换成一个推开的姿势，推拉之间把我刺伤了。

"你永远没法知道，你会觉得恐惧、憎厌、难以忍受……"

"不，不会的……"

我尝试把她拉出外面，那些明亮的灯光和对话的声音之间。她却好像要把我推往黑暗无声的纠缠的丛林，要我感知边界外那混沌的世界。拉扯之间，她手上的镯子和指环落到我手上，她脱下围巾，围在我颈上，说："这也可以给你。"我感觉到围巾的柔软，镯子和指环的坚硬，这些衣饰我都好像在这人或那人身上见过，它们好像是缤纷的符号，指向某些隐藏的秘密意义，但现在我不那么肯定了。

她俯过来，我嗅到头发的芬芳。她用脸孔擦着我的脸孔，嘴唇凑近我耳朵，说："我的耳环掉了！你帮我找找。"

我蹲下来，在地上草丛摸索。手指轻轻抚过地面柔软的草丛，担心突然碰到金属的尖刺。我听见窸窣的衣物的声音，隐约感觉她脱下衣裙。我听见她说："这也可以给你！"话说完，衣服落在我手背上，好像还带着虚幻的人的体温与芳香。只有这些细致微妙的符号，落到我手上，背后没有一个稳定的实体，没有声音。

我张开眼睛，看见枕头底下露出来的半截烦恼娃娃。缤纷的衣服背后细看有一个暧昧的白点。在惯见的纸糊的脸孔上面，仿佛看见了一丝诡秘的笑容。然后我听见 Y 的理性的声音："起来！要先去跑步才可以吃早餐！"

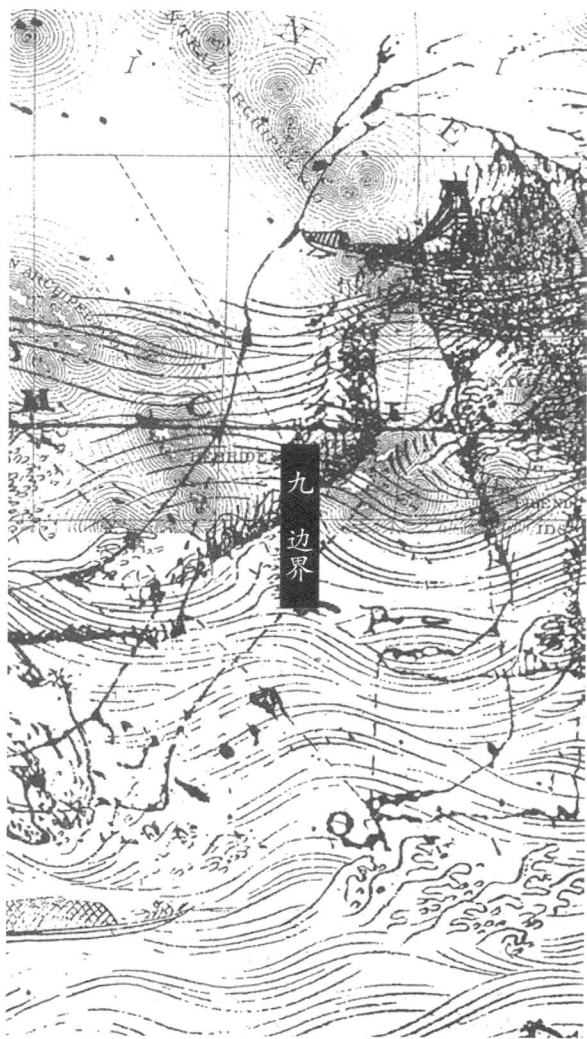

九
边
界

戏演完不到半小时，人都散了。说或许会从纽约开车来的朋友没有来。一下子我发觉只有我一个人站在剧院前面的广场上，后面的灯一盏盏熄了，旁边树丛累积成团团陌生的黑影。我这才仿如梦中醒来，想到处境的严重，这样的深夜，不知从哪里才可以找到车穿州回到华盛顿去？这儿也没有可以住宿一晚的地方，没有什么可亲好客的陌生人。我真是倒霉透了，为了贪看一出偏僻的新剧，我又一次走得太远，流落在陌生的地方，令自己置身在这么尴尬的处境中。

我闭上眼睛，就仿佛看见自己当晚狼狈的样子。朝远处掠过的汽车尾灯跑去，它们却一下子绝尘而去了。找不到警卫的守岗和电话亭，拍门没有人理睬。夜晚越来越冷了。这才突然想到：真是可以置身这样的绝境的。整个七〇年代的背囊旅行从来没遇过这样的结局，现在终于尝到滋味了。如果我是一个本地人，老早就钻进被窝睡觉；如果好好做个有计划的游客，那一切也会预先安排得井井有条。偏偏是不属于这儿也不属于那儿，还要骄傲自己喜欢越界的品性，结果就总是这样落了单，变成没有归属的孤魂。

事过境迁，我想记下这经验告诉你，大概以为它富有象征意味吧。但我逐渐发觉追记是徒劳的。我怎样叙说这趟华盛顿的旅程？正如我该怎样叙说任何一趟旅程？我八三年回到香港以后就在说巴黎的故事，九〇年有机会在柏林一段时间，其间又一直在写一个香港的故事，后来去到纽约就在写柏林，去到华盛顿却开始写纽约，现在当我想写华盛顿其实已经回到香港。追记的故事总没法追上眼前现实，眼前的事又不断修改我的记忆。追逐过去是徒劳的，以前我老想什么都可以交代，都可以时空顺序，后来发觉这只是一个幻象，历史黏在一起，我们在隙缝间向现在发言。

我该集中描写火车上晃荡的一只纸杯，以及从中溢出的咖啡？我该写出口袋中刚收到的传真，以及因此而延误了一班火车的过程？还是我该正式地写下：一九九一年十二月，我在华盛顿，在巍峨的大厦之间，远眺白宫、走过越战纪念碑，并且在寻找斯波尔丁·格雷（Spalding Gray）的独脚戏时迷失了？

在雕塑花园，我站在中心还是边缘，我该坐在巨大雕像的怀里，还是与一个倚墙的人像一起从旁边窥望？我在寻找一个角度，想我要写给谁看？为什么写？有意义吗？我若写华盛顿，或者柏林，或者深圳，不见得可以追记旅程，我逐格逐格行走，文字本身才是旅程。你我时远时近，我不知能否超越其中的距

烦恼娃娃的旅程

离，跨过这边界。

　　我想从寻找格雷的独脚戏说起。写华盛顿当然应该从国会图书馆写起，或者从图书馆的地图展览写起。国会图书馆展览的旧地图都是以华盛顿为中心。但我去到华盛顿就想去看格雷的戏，听说他在乔治梅森大学有一晚演出：《美国戏剧的个人历史》。我想去听听他怎样把个人历史和美国戏剧连起来说。但没有人知道乔治梅森大学在哪里。地图上也没有。展览的旧地图，不管怎样画，都是以华盛顿为中心。也许所有首都都是这样的。地铁特别整洁、灰色的石墙壁特别庄重、建筑物特别轩昂。世界各部分的意义就定在它们与这中心的距离上面。在旧地图上，由中心算起，离得越远的地方就越是"荒芜"了。地图上没有的大学，一定是一所不存在的大学。我要去看的表演，一定是一场不存在的表演了。

　　"罗丽妲我今晨正在整理行李的时候收到十四街中东老板的电话说我有一页传真正好趁我乘车往华盛顿前传真复你我想你要申请来美念书的事最好不要这么匆忙不妨趁现在这段时间多做一点准备工作对香港的东西了解多点不也有帮助吗我不知你为什么要鄙视地说香港什么也没有也许我跟其他人的意见不同你为什么尽想做别人呢抱歉我在你兴致高扬的时候来浇你冷水但我想你目前感情的困惑不见得跑到西方就可以一下子解决呢"

"阿贝，你上次问我怎样评香港的独脚戏，我一直在想这问题。来了纽约以后，特别去看了一些独脚戏，我也看了埃里克·勃格森（Eric Bogosian）由外百老汇改编成电影的《色情、毒品和摇滚》、劳瑞·安德森的作品，还有格雷的作品拍成的电影。勃格森用最多他人的假面，演尽纽约从华尔街到地铁中的众生相，安德逊对音乐和视像的敏感，令她结合语言和表演，的确有新的视野。格雷自传性的叙事，也自成风格。你说有人说起中国的相声、滑稽戏、插科打诨，这些的确都可比较，但独白的文类，是言语的艺术，不限于惹笑，似乎还可以有许多不同变化呢。

"我来了华盛顿开会，本来听说明天格雷有一场表演，但我还未找到那地方。今天晚上我看了当年华莱士·肖恩（《与安德烈晚餐》那个胖子！）引起争论的旧剧《热病》，借一个角色的敏锐观感，挖掘麻木的现代人心灵，是颇存在主义式的思考，长长的独白其实也跟独脚戏很接近。

"上次你说起你们由于独脚戏而惹起够不够社会性的争论，我想独脚戏由个人的独白文体开始，可以从许多方向迂回深挖，可以探向个人内心，也可以质询时代，还是看艺术家在独白里探得多深罢了。这次格雷的剧目叫《美国戏剧的个人历史》，似乎在某方面也是从个人去联系历史呢！做得好不好我不知道。

找不找得到那剧场我也不知道。不过如果看到了，我再写信给你吧。"

独白这文类最有趣的是它的沟通方法，不一定是告解，自我宣布，自我剖白，而是那连绵的扩散、自然的流动。格雷拿着一瓶水出来，就站在我们面前，一直不停地说下去。他说在七〇年代如何渴望加入理查·谢克纳的实验剧场，如何幸运地有一个机会临时补上去演《麦克白》里的麦德夫，如何跟随李察·塞兹纳用新方法演绎《麦克白》，真正用身躯去经验体力的极限、血与暴力的洗礼。格雷说的是七〇年代的疯狂。他正在说他们作为驻校剧团时的疯狂行为，从偷吃烧牛肉开始，如何发展至疯癫与错乱的狂欢。

但格雷说他本人那次并没有吃烧牛肉。奇怪，他的独白好似带我们回到过去的激情，其实他的语言也同时显示离开那狂热的七〇年代，有了距离。独白这种体裁可以啰唆沉闷，也可以充满新意。独白也可以像爵士音乐的即兴，自由流动，由松散而紧密，由紧密到松散。我们写文字的时候也会觉得文字太容易凝聚，太容易跌入旧的组合、回到说了多年的老话去。怎样才可以拆松那些惯性的，甚至是惰性的组合和思想方法，怎样才可以令文字不失新鲜？怎样即兴演奏，永远引发新的感受？

话可以说得新鲜话也可以说得陈腐。同样一句话，重复说出来，也会失去了原来的活力。我在台下等待，永不知道下一分钟是什么。我想起近期在纽约看到他们重演三十年前轰动一时的《弗兹》(*Futz*)，每个人都说这是一部重要的作品，我却不那么投入。爱上一头母猪的弗兹、被他遗弃的女友玛祖丽，再加上精神有问题的奥斯卡，因为看见弗兹与母猪有染而把约会的女子安捏死。奥斯卡被判绞刑，弗兹又被玛祖丽的哥哥杀死。戏中有强烈的暴力，令我想到格雷所说那种六七十年代戏剧中的力量，但我也同时感到那种浪漫与简化，六七十年代的文艺有助于把我们从一些封闭的观念中释放出来，但在这样做的时候，有时也会落入一些简化的对立思维，或是对原始力量的无条件崇拜呢！舞台的风格化处理，比如咏唱式处理群众的反应，现在看来有点造作和勉强，我感到离它们远了。我在纽约看到很有创意的新剧，但当我终于等到生活剧场有新剧上演，寻到他们的现址，看到我在六七十年代读到那么多有关他们的消息的生活剧场，新剧《零度方法》却教我失望透了——

格雷说到母亲之死，由于无法适应现实，自杀致死，这显然给予他很大的打击。我们用怎样的文字怎样的段落才可以描述所经历的时间以及我们如何从打击中恢复过来呢？个人的颓唐也可以连起时代的迷茫？说美国戏剧说到自己的生活，你会不以为然吗？我后来发觉，题目的意思，是他个人从事戏剧的

　　　　　　　　　　　　　　烦恼娃娃的旅程

体验，不是从美国戏剧看个人历史。不是站在首都华盛顿的肯尼迪中心，是在华盛顿以外一所边缘大学的黑盒子剧场，叙说他的自我体验，以言语的流动重新建构他的自我。

这自我芜杂变幻，也跟万物有千丝万缕的关联，所以必然在言语的去向上见到蛛丝马迹，每逢转弯抹角的地方都有选择，选这或是选那，到头来也给自己添上新的声色。他说来到这儿，住在朋友家里，出来时忘了地址，大概记得锁匙孔的形状，回去时就只好逐家门口窥望人家的锁匙孔。哄堂大笑中他喝一口水，补充一句说当然他是夸张了细节，他把自我虚构，又不忘拆穿其中的神话。我欣赏的倒不是他是否惹笑，或者是否表面的社会性呢，阿贝，我觉得有意思的，是如何在流动的历史中泅泳，摸捏不同的自我，用言语去探索，既显又隐，既真又假，主要的戏剧情节不是激情的大事，而是言语的动态，摸探到的种种可能。

我有时听见他新开了头，开叉笔又岔开去，也担心他走得太远，走不回来。有时连得太紧凑，又担心他走不了多远。但乔治梅森大学这剧场里慕名而来的观众，似乎衷心支持他，欣赏他在言语间走索，翻一个筋斗去到十万八千里。我在纽约问人，我到华盛顿问人，都说没有乔治梅森大学，华盛顿地图上也查不到。等到我从电话录音听到地址，辗转按址寻去，先坐地铁到终站下车，再转车，才发觉已经离开华盛顿，去到弗吉尼亚州的范围！晚上如何回去呢？管不了，先看了戏再说！我从华盛顿的地图上开始寻找，结果却寻到华盛顿的地图以外去。

即使下了车，终于寻到乔治梅森大学了，还是寻不到黑盒子剧场。在树林里迷路的时候，或者后来看完戏出来发觉自己三更半夜在校园里并没有车一个人站在那儿不知如何是好的时候，我也忍不住想：自己是不是自寻烦恼，往往为了想看更多东西，为了不知为什么的追寻，许多时老是走到地图以外去，走到自己熟悉的范围以外去，无端置身在不安全的处境里了。

"L，我来到纽约，见到你的家人了……"

提起笔来，我不知该怎样写下去。这些年来，我给L写过不少信。九〇年初抵柏林，乘地下铁到佛德烈站，走出去，想着这就是过去东柏林所在了，在大街上漫步，东张西望，黄昏时在一所酒馆坐下来，就开始写一张明信片给L，兴奋地报告所见。由于前一年发生的事情，大家沮丧之余又把希望寄在东欧。到我们步过边界，看见围墙后的风景，都忙不迭想印证我们的希望。翌日，寄出明信片后，我才在书店看见涌现的色情刊物代替文学，听人说起失业和物价的问题，西方的影响涌入，我的西柏林房东偷了马恩广场的牌子作为战利品放在客厅中，雅皮彻夜吵闹，嘲笑他们的穷亲戚，冷落多年的朴斯坦广场再度发展，听说将会挂上奔驰汽车的大招牌。

L，我们这么多年来好像也给彼此写过不少信。尤其在大家旅行的时候。七三年初次回国，忐忑不安地经过罗湖的关卡，武装的解放军对我们在目的项上填上"旅游"报以鄙视的眼光，令我们首次自觉自己边缘的身份。带着应该熟悉却又陌生的眼光回到广州，我们总有说不完的感想。我去了肇庆的七星岩。你在梧州的渡船上遇见的中年汉子，令你想起沈从文笔下的人物。你新婚回到桂林。你后来一次又一次回去，亲近那片土地。

我给你写信说起中国台湾和日本的旅程，我给你写信说起在美国读书的生活，八二年底在巴黎，跟 D 和 Y 在一起，我也给你写过明信片，期望回来以后可以好好聚一聚。

不想回来却发觉你病倒了。你失眠、神经衰弱，你说是由于工作时间的调动，老板把你调离每日主要的六点半晚间新闻，改要你负责早晨的节目。每天凌晨三四点你就要爬起来，白天又睡不着觉。你吃安眠药，喝酒，我们在咖啡室闲聊，我发觉你的手抖得很厉害。我陪你去看医生，又转去看精神科医生。

日后我从朋友口中知道多一点内情：新闻部一位姓黄的旧人回朝，升为新闻部总监，打击原来一帮旧人。L 原是中文台主编，这位姓黄的没有立即对付他，先采取怀柔政策，然后，过了一段日子，跟他说：你没有读过大学，坐主编这位子恐怕坐不长久，不如工余去浸会读新闻吧。没想到开始去读以后，姓黄的就跟他说：你上学不方便，改返早班吧！这就把他调离原来的新闻时间了。

我到医院去看你。你当时也无法把自己的处境一下子说清楚。我见你穿着病人的白衣，心里有点黯然。我带了几本中外的新书给你。我想我们从七〇年代初认识，彼此同在报界工作，工余一起办杂志，写诗也译诗。大家的确是有共同的爱好也有共同相信的东西，但现实的环境越来越迫使这些东西好似变成虚幻了。过去与你相聚，谈诗论文，无所不谈，喝酒直到烂醉，飘飘然觉得世界没有边界。但在这清醒的时刻，对坐在病房里，彼此都处于人生的半途，被种种事情困扰，前路茫茫，真是有点物伤其类呢。

L出院一段时间，没法承受工作的压力，又再入院。最后他同意调往电视集团旗下的出版社，薪金减少了，但那至少是他熟悉而胜任的文字工作。我回港一年，论文写不出来，种种烦恼也无从解决，终于决定还是再回美国一年，好完成论文。临走前，我庆幸见到L的生活好似真的有了新的转机。

一年后回来，L在出版社的工作已经上了轨道。虽然是商业化的出版社，但也希望能在从俗之余有所作为。L读着他妹妹寄给他的、厚厚的外国出版人的传记，对于他们如何征求稿件，发掘新人，引为美谈，对于那些眼光和开拓，羡慕不已。我们交换诗人的传记，向彼此展示外国精彩的书评。我们在酒吧的快乐时光，一起盘算可以做些什么。我向他推介当代中国内地的小说和散文，中国香港专栏中较有新意的尝试，还有日本的新派小说，我想，我们既然无法孤高，那么，是否可以在雅俗共赏的范围内，也带入一些较有意思的东西，开拓新的阅读路线？

他似乎也做得不错，但在我九一年离港再往纽约之前，又隐约感觉他再出了问题。他跟我说是因为九七，太太想要移民，而他觉得，若果移民了，他去到美国，能做什么呢？我觉得争吵的问题不仅如此，他太太也跟我诉苦，他流连酒吧，每天喝得醉醺醺的……他们的问题，冰封三尺，非一日之寒了。

现在我提起笔来，真不知从何说起。我见到他的家人，想为他瞒谎说一切安好。但他妹妹其实已从他写的专栏文字、朋友传来的信息中，知道他们分居了。他还是傻气地想，他母亲无法接受这消息，因此也不写信，也不打电话，说了来纽约也不来，不知这令他母亲其实更不好过。我提起笔来，就忍不住要劝他。但我不知我是否是好的说客，我曾劝他不要把自己的私事写出来公之于世，事后又是我把他的文字拿去"突破"劝他们出版；是我劝他不要再喝酒，但到头来又是忍不住在酒吧里陪他喝一杯。我当面好像总是诉说他的不是，私底下我又有几分认同他的感情。当然，另一方面，我也是其实逐步认识到，这种感性的模式，他对感情的浪漫求绝对的态度，也许，事实上，在现实世界，已经是行不通的了……

你说送花给你女儿，你说她说答应与你吃饭又不来，我看了也难过，但你或许也该了解她在目前这处境很难抉择。撇开家庭不和的问题，下一代成长的环境，也形成他们的想法。在目前这社会中，有什么可以帮助我们的孩子去衡量事情、作出判断？我对目前的风气也很担心。不过换一个角度说，你目前从事的编辑工作，如果做得好，也未尝不能产生一点力量……

我担心的是，目前这阶段由于种种影响而造成生活和人的素质的下降。

我写不下去了。

其余的旅客都回到车上了，只剩下我们这一伙人，还有就是那边一个南美的女子，还在回答海关的盘问。我的情况很简单，我来纽约做研究半年，刚去多伦多探亲，度过了一个愉快的节日。我的朋友 G 和 F 和他们的女儿是申请移民（*我站在他们身旁听见了*），律师帮他们在水牛城递纸，所以他们要到水牛城见移民官。那边那位南美女子好像比较麻烦，他们又问她度假去了什么地方，又翻她的背囊，态度有点奇怪，又像怀疑她什么似的，等我们回到车上，她还是在那儿跟他们磨蹭。再过多十来分钟，她才背着那个沉重的背囊踏上车来，一面顶不以为然地摇头。

回到车上，G坐到前面他女儿旁边。她戴起耳筒听随身听，没回答他的问题。他要移民的事我其实本来并不知道。在多伦多碰见，又听说要到水牛城去，问起坐车的事，我才提议结伴同行。差不多车到边界，他才吞吞吐吐，把此行的目的说了个大概。他真是傻，难道有谁会怪他吗？朋友之间，移民已不是什么新闻了。最近几年的发展，的确是令很多人担心。我倒是想问问他：为什么挑水牛城这样奇怪的地点递纸？但这时汽车已驶近了关卡，司机着每个人带着行李下车检查。过去有人说这儿的检查很宽松，但近年大概太多人取巧，所以现在也检查得很严格了。我们几个香港人突然也好像变得很紧张，其实这是完全没有道理的一回事，我只能说是作为香港人自小养成的对护照问题、对出入境问题的过度敏感罢了。

我们也曾一起举步，争取中文成为法定语文，抗议不公平的事，为我们相信的事发言？但那是太久以前的事了。我们已经走过那些路，大家很自然不再提起。过了这些年，G已成为影像媒介顶尖的人物，举足轻重，做了不少重要决策。我也许也曾对他煽情的处理不以为然，我也许在报纸上批评过他电视台不择手段的做法，也许不是批评他，但也许是有关的，后来不知怎样就疏远了。再见面，我一时没想起这些事，大家也好像旧日那样说笑，但一段时间下来，就好像不知该怎样接下去了。

现在 G 倚着椅背，似乎松弛下来，甚至可能还睡着了。外面是沉沉的天色，没多久，车也就驶进水牛城了。

水牛城不知为什么好似显得有点荒凉。我们从街头走到街尾，把酒店找到了。安顿下来以后，他们的女儿想去买一件皮衣，F 却提议按地址先去看看移民局的办事处，原来也不远，我们坐电车前去，不过是几个站，但再走路回来，中间经过一爿商场又进去兜了一转，回来不知为什么大家就累得不得了。天气又冷，天色灰灰的。有些店关了门，皮衣没买成，孩子沿路没说话。我本想晚上大家好好吃一顿，反正明早我就回纽约去，他们决定完事后还是回到多伦多，依照我们多年前的习惯，少不了有一番斗酒的热闹。但按旅游手册地址去找几爿海鲜餐厅都不在了，意大利菜也关门了，大家到头来有点意兴阑珊，就决定随便在酒店的餐厅吃一顿算了。夜来得分外早。大家都不知为什么这么累，话也说得不多，好像心事重重。他们明早又有正事，吃完饭就大家说晚安了。我只找到一个机会，问 G 为

　　　　　　　　　　　　　　　　烦恼娃娃的旅程

什么挑水牛城地方递纸？他说这是移民律师教他们的，因为从外地递纸会比从香港递纸快。最快是意大利，若果从意大利递纸，去年就可以见移民官了。但又不想这么快。现在还是太快。又想要快，又想不要太快移民，你说我们香港人的心理好笑不好笑？大家忍不住笑起来，几乎像过去朋友说笑吵闹一样，然后大家就回房去了。

我在房间里待了一会，闷在那儿不知做什么好，不想这么早睡觉，又拿出纸来想写信。最后还是决定到楼下的酒吧喝一杯，我带了纸笔，继续在那里写下去。各种各样的信，未写完的信。

L，我来到纽约，见到你的家人了⋯⋯

还有小说稿、要复的信、零星的文字，我就这样带来带去，带着出境入境，从这里到那里，老是写不完，我想我真也是无可救药了。

人家在办移民手续，真的搬到别的国家去，我却带着各种未写完的信，满袋的废纸，跑来跑去，跑进各种边界，又进入各种国土，却老是写着前一个地方的故事，回复在上一个地址收到的信，老是落在现实之后。

这是我在纽约的最后一晚，其实是凌晨了，刚从朋友家回来，喝了好几支红酒，脑子迷迷糊糊的，但我一定得好好收拾东西，把我在这儿的种种收拾一下，半年来的生活要告一段落了。

我收拾书本，我好像总在收拾书本。十年前带回香港的书本杂物，有些还未开箱拆出来。回去以后，忙于工作，也好多年没再到外面，但回去也一直没有可以好好安顿下来的感觉，工作令人疲劳，许多迫切的事发生了，忙于应付，也就没有余闲好好地回想和计划。不管在生活上和工作上，好像都不是生活在一个和洽的社群的中间，做的事也得不到什么支持和承认，虽然有相信的事，但许多实际的心力也变成徒劳了。无可奈何地被迫站在边缘的一角，见招化招地对抗人们的偏见、积累的误解，疲累地尽自己的责任，希望能从小处改变那巨大的倾侧，有时也不知是不是自己错了。

　　过了许多年再出来，经过我当年旅程中经过的城市，想起我一直还没修改好的小说稿。难修改是因为时代变了，城市变了，我自己也改变了。这些年我慢慢看到事情的另一面，也许没有了当年那么鲜亮的颜色。我看到轻盈也看到沉重，看到执着也可以变成迂腐，曾经相信的事有时免不了想要轻讽，肯定的观念发觉逐步瓦解了只好重新再检视一次。W、D 和 Y 都不再在我当年遇见他们的都市，他们都或长或短地回过香港，我们从假日的闲情回到实在生活。我回到香港，发觉许多事情变了，在文艺创作上，的确更不是一个彼此支持的城市。这次再出来，外面有许多人问起香港，我尝试去回答，才发觉，真奇怪，在外面我总是为香港解释，为它分辩，回到香港我又仿佛老是在批评它。这种暧昧的感觉，也许正来自我们游移的视点，搬动的住址。现在我又一次收拾东西准备回香港，也许没有上一次十年前的热切期望，但出来半年，也想坐下来，拆开买回来的书本，细心翻阅，回想这段时间所见，整理写下的东西，舒闲地与朋友交谈。我是渴望回到一个"家乡"那样的东西？慢着，我知我回到香港也不会找到的。敢情是立即又投入工作，见这个或那个人，解决这个或那个问题，然后带回去的一箱箱东西，又不知何时可以拆开。我的确也想回去了，但我又取道东欧，好似在拖延我的归期。

是答应了朋友所作的一段旅程。我一方面在整理文稿、叠好书本、收拾仅有的那么几件衣服，但另一方面又好像在打算展开另一段旅程，但我也知道总有个休止的。我们不管多愿意永远向前走、遇见不同的事物、永远置身在旅途中，另一方面，我们其实更想停下来，找到熟悉而善意的人们在他们中间住下来，为自己找到一个生活和工作的空间。

我们回到出生的地方、长居的城市，结果也未必找到。我们很容易被权力排挤，被密封的圈子推到外缘，被人家代表了、歪曲了，总是听见人家代你发言，在各种冗长的报告和计划中变成不存在的事物了。

在这样的时候，也许你会想起许久以前的一段旅程，在外间所见和记下的事物。有些零星的笔记，也许你想把它整理出来，想或许在目前这时候还有个意思。

过去总是觉得旅程是有趣的。航海者总是带着奇怪的地图，把他们不熟悉的空间绘画成狂想的空间，投射他们自己的幻象。旅程可以是停滞在原地的，若果没有反省原来的假设，旅程也可以是危险的，若果我们的狂想没有在实际的接触中修正。七〇年代的搜索者总像有狂热的生命，在路上热情狂吼。如今我收拾行李，好似更关心回程，我能带回去什么？我可以像奥德赛克服困难，降伏心魔，回到一个不被侵吞的我的空间吗？抑或我只是任文字漂流，书写我自己的传奇？文字想以不断的联想扩张开去，翱翔而永不止息，高扬而永不低头，你不要浅尝即止，不要太快的回旋、太轻易的回头，但不管怎样，总会去到一个地步，你坐下来收拾东西、整理思绪，你不能永远漂浮，永不下凡——

"想不到你儿子原来已经这么大了！"

"回去还有未做完的工作呢！"

"我们关心的人和地方不知怎样了？"

于是你踏上归程，经过一个又一个城市，探访一个又一个友人，尝试回到你原来生活的城市。妖怪和魔障，不在外途的海岛，而在你尝试回去而回不去的地方。你执着记忆，它们又好似逐渐变成虚构。

记得你临走前，有一晚我们不知怎的谈到玻璃，出了电梯在走廊里，你说其实玻璃都是流体，不断在轻微的向下流动，所以过了一段时间的沉积以后，玻璃都看来下端要比上端宽阔。我不知是不是这样，你是念科学的，大概会比我清楚吧。我们进屋以后就好像没有再谈玻璃了。但我一直记不清楚的倒是：我们是怎样谈起玻璃来的呢？我的记忆力越来越糊涂，到底是在哪一晚？过了一段时间日子黏在一起，仿佛变成不透明的了。但有些东西隔了一段时间还是分明的，比方我们一起去看《悲惨世界》的那天，或者我们和朋友一起去看文德斯的《直到世界尽头》的那天，或者我们和朋友一起去看了《包法利夫人》再看《重回禁星》的那个下午和晚上。记得某些日子是因为看了一个你喜欢的戏剧，或者我喜欢的电影，或者因为我们跟那个朋友在一起，或者那天天气突然变冷，然后下雪了。我总记不起日历上的日子，或者那天是星期几，总是先记得去杰信教堂看了跳舞然后记得是星期一。我记得除夕那个晚上是因为我们从莫叔叔家里出来与李叔叔他们一起走到四十二街然后我们经时代广场回去走出地铁以后在冷清的街头迎面走来一个女孩子对我们说：新年快乐！你后来说过纽约好像没有什么圣诞气氛，恐怕是我没有带你去看最大的圣诞树、最亮的灯饰、最热闹的橱窗吧！偶然想去做这些事，结果大家又还是说：不如去看那部电影吧，然后在匆匆忙忙赶到电影院的时候，在溜冰场旁边停下来看看那些光影声色，也不过仅够时间让你吃完一个热狗。一个模范爸爸一定会做得更好。但我不是一个模范爸爸也不想假装是呵。一个模范爸爸一定不会带儿子去看那个西班牙导演的《高跟鞋》，只不过因为前一日我们看了比利·怀尔德的两出旧片，两个人都很喜欢，你说喜欢看喜剧，我看来看去只有这出最似喜剧，我看过这导演以前的戏，有些真是非常好笑的，怎知道这出不是呢！以后你每次说起来都要取笑我！是我摆乌龙还有什么好说。我原来对假期有些计划，在现实的日子每日变化里不断增添删减，又再随机转折，在你喜欢的东西和我喜欢的东西中寻找平衡，在本来的想法和实际的情况间不断调整，真像某些好似流质的东西的流动与成形。结果我们还是一起看了不少电影。你说想看多些不同类型的电影，这倒教我松了一口气。如果你说要多看太空科学或是原子物理什么的，我去图书馆找书恶补还未必应付得了。当然，天地良心，我也不是反科学的，说到底我还是有带你去看恐龙是不是？虽然中途把你丢下，跑到四十六街看买不买得到当天晚上百老汇的票子，后来还是跑回去跟你一起看完水族馆嘛。虽然，后来我回想（**我也不是没有反省精神的**）我看水族馆的时候大概说的还是伍迪·艾伦的《曼哈顿》有一幕以这里为背景拍得真好一类的话，而不是说那条是什么鲨鱼，它的牙齿构造又跟旁边那条有什么不同那类教育性的说话。真的，我其实是有反省的，我一早就反省过了。我想我们这一代人（**其实是我自己**）开头都是通过一些镜头去看这个世界。然后到了三四十岁的时候才开始发觉在这现实世界里有许多事情不懂怎样去做。一方面对人与事好像了解得很多了，一方面又好像小学生那样从头开始去学习做人。像莫叔叔放弃了自己的事业，全家移民到这边，然后再从头进修和找工作，家里又遇上致命的疾病，都一一克服过来，真是令我钦佩。我对你自小从来没有强加任何文艺性的教育，宁愿希望你可以实在学会做一般日常生活里该做的事，不要像我们一样。我可能是有点矫枉过正了。但我大概是反《傅雷家书》的那种人，我觉得真不应该严格安排了一个模式来调教，不管那是一个多好的模式。好像完全没有空间让人自由发展，说错话，走尽弯弯曲曲的路。一个人拿着一张最好的地图，也会一头栽进死胡同去呢！现实的道路，未必跟人家所说或我们心中所想相同。人家的父亲挺庄严又亲切地开着汽车把儿子送到网球场或者什么的去，我们却是糊涂的两父子坐地铁去找一场外外百老汇的演出。唉，还是得自己走路，所以呢，每次出了地铁我总是叫你张望（*你们总比我们这些透过玻璃镜看事物的人有更好的眼力嘛*）：哪边是五十六街，哪边是五十八街？真抱歉，没有这些记号的时候，往往跑了几条街，一心以为在前头的地方原来在背后，又得重新收回自己的脚印。只不过迷了一次路，已经被你笑了（*我可以向你保证，我绝不是认识的人里面最糊涂的*），我只能告诉你，迷路的教育意义是：现实跟我们所想的蓝图并不一定相符，今天的教训是：我当然也是会走错路的。

　　当我写这些字的时候灯罩的影子在我的字旁边晃来拂去，特别给了它们一种水影光纹似的暂时与变幻的性质。李叔叔坐在我的身旁，我们深更半夜坐在这波兰的边界小城写信等待天亮是因为我们浪漫的旅程又一次遭遇到现实的挫折。因为懒散、拖延或对官僚的不耐烦我们错过了在华沙办进入捷克的签证，我们主观地想也许不用再签证，也许我们可以先去了匈牙利再办签证，不料就在车离波兰经过捷克边界的小城我们就给赶下车，要折回来，明天还是要回头往华沙办签证才把所有的路再走一次。不管我们怎样说，即使车经过捷克而我们不下车，即使李叔叔有香港的英国海外护照，都不成，作为一个香港人特别没有浪漫的条件，尤其在边界的泥泞雪地上拖着沉重的行李

　　　　　　　　　　　烦恼娃娃的旅程

走回来的时候我就这样想。

我们现在就坐在这里，疲累不堪又睡不着觉，在长桌的两端，喝一杯热茶，各自写信。我们这些糊涂的成年人也经常互相督促工作呢。写呀写的，我有时也想把我在各种边界前面迷途思前想后想到的东西告诉你，我不在你身旁而你继续旅行的时候，这些东西不知会不会有用？我知道文字并不是什么永恒的东西，我反而喜欢眼前这灯下的光影变幻。昨晚我睡不着的时候看着天花板上的一道一道光纹，一辆一辆汽车经过，令它们散开成扇状又再合拢。我记不清每个日子，但我记得偶然人事留下的光影。这个假期你来纽约我们能一起看看电影真是好事，我送你去了机场回来，房间里空空的，一时好像还习惯不过来呢。我记得哪晚我和你去西班牙餐厅吃海鲜饭，奇怪，之前看的是哪出剧我已忘记了，但看完戏以后在寒冷的路上走路、去吃饭，以及我们谈的东西我都还记得。是了，正在写的时候我记起来了，去看的是明珠剧场演莎士比亚的《如愿》，完了我问你这次为什么特别想看莎士比亚，听起来有困难吗？你那天好像特别开朗，话也愿说得多，是不是西班牙海鲜饭的关系？也许是，也许不是，话是要说开了说多了才说得出来，话得说下去，话说了，我才又好像知道多一点你的想法。我也许之前没有完全由这个角度去想。你说到你同班的香港同学，迷上一位流行作者的青少年恋爱故事，往往在生活和爱情上只要求激情，只为自己定一些极端的义气或真爱的模式，反而不能接受现实生活中的真实情况了。是不是因为感到有这样的需要所以现在你也想多看一些东西多思考一些问题呢。我过去因为自己沉迷玻璃镜头的世界，不切实际，也尝到在现实碰壁的滋味，像《重回禁星》那科学家、《暴风雨》中沉迷书本的普洛斯彼洛，所以并不强要你一定看书或看电影，如果你对科学对电脑更感兴趣，那也很好，听流行音乐看搞笑电影也很正常，为什么要弄到自己跟别人格格不入呢。但现在我明白你是到了一个阶段，觉得那些东西有所不足，所以想多知道这个世界、想走出界线外面去，扩阔自己的眼界、想找一些什么东西来平衡那些浮浅的激情。我们说到《包法利夫人》中爱玛的悲剧、《直至世界的尽头》里面那个小说家，如何在错综的影像和人们自恋的幻影的梦魇中尝试说他的故事。说呀说的，你说了许多话，我又说了许多话。我喝红酒你喝可乐，我没有喝醉，但又有点醉意，好像走了许多远路两个亲人相见吃一顿饭。话说远了然后又兜回来碰了头。我们确是两个亲人相见吃一顿饭呵。我很高兴你这次来了。什么时候我们再一起（不管在什么地方）度过一个假期、看看戏、一起吃一顿饭。

十
城
市

一　虚构的城市

　　住所楼下开始发生变化。牛肉面在一天之内关了门，美味厨只剩下一个黑窟窿，行人路挖开了，路边堆满了商店拆出来的木板和铁枝，街口卖咸豆浆和粢饭的点心包一两天内拆得只剩下一副骨头。管理处的阿伯说食街要改建了，大老板要把它改为时装名店坊。

　　我想要拍一些照片，但一连几天早上都忘了带摄影机，下班又太累，提不起劲去做什么。于是我想起我其实许久没有拍照，摄影机也不知放到哪里去了。它跟我的书本画册堆在书房里，我的书房变成了储物室，根本没法走动，没法找到一本书。那天想用电脑，打一份个人资料准备转工，方发现电脑已没法开动，荧幕上没有画面。太久没有整理自己的东西，储存的资料也许都消失了。转过身来，一个个纸皮箱把我吓了一跳。那里面都是我过去的东西，但我已记不起什么是什么了。

　　我推着手推车，把盛着纸皮箱的邮包从邮局推回来，心里想着这回可以安顿下来了，那是八九年前的事吧？没想到跟着下来就开始了工作，就开始新的变动，疲于应付每日发生的事，再也没有打开那些箱子了。写了一半的东西，就那样搁在那里。拍了一半的菲林，没有拍完，也没有拿去冲晒，照相机随处乱搁，过了一段时间，也不知放到哪里去了。

　　我隐约觉得这是一种病，病因并不清楚。病征是想做的事情总无法完成，心里有些什么令你觉得事情是徒劳的。工作量过重、开太多会、要写的报告太多，要找的东西都不知放到哪里去。没有人提醒的事，一下子就忘记了。我发觉整座城市也像我一样患上健忘症，到处是拆了一半的楼宇、丢空的地盘、搁置的计划、尘封的玫瑰园。大街上的大厦换了名字。今天的广告忘记了昨天的广告，几年前发生的事，说过的话，大家都记不起来了。

　　今天早上下楼，看到他们正在重铺行人路，行人路边挖了一个个洞，准备植上新的灯柱。第一个感觉是很难看，再看又好像没有什么。仍然新净明亮的食店一下子拆剩一副空架子，在堆高的木框旁边露出了后面要来的暧昧的棕红色的花蕾形状的街灯，小孩呼叫赞叹的喷水池拆去后，重新在旁边堆起的假山石和松鹤，到底是一种媚俗还是对媚俗的自嘲，我已分不清楚了。到头来我们大概也会接受它的样子？我记得食街翻新好几次了，每次开头都觉得媚俗，慢慢看久了也好像没有什么。

我不明白好端端的新食店，为什么突然拆得一塌糊涂，变得面目模糊不清？我想用摄影机把这一切都记录下来，是我担心一下子变得太快，以致过去完全变得无影无踪？但用一具摄影机就能记录"真相"吗？映象已经泛滥了，而且我要应付每天上班的工作，哪有时间记得这么多事？于是每天走下楼，才又发现道路两旁改变得更多，而我又一次忘了原来要把它记录下来的主意。

这种善忘，这种懒散，说不出是什么原因。我逐渐觉得发表不发表自己做的东西，好像都不是那么重要的一回事。支持我们的艺术杂志很快就停刊了，画廊也关门了。新成立的协会似乎带着奇怪的背景。旧相识里也有人变成文艺园丁，每天化名发表自己的大作，攻击不同道的人，然后又无限慈爱地给年轻的女作者写鼓励的公开信。唉，我的艺术家朋友索性从商去了，写诗论的朋友转行写马评。连 W 这样的前卫艺术家，也说要送掉所有的戏剧书，表示跟过去跟戏剧都断绝关系了。但 W 是要移民，而我暂时不打算移民，而且也仍然喜欢戏剧，我的意思是摄影，或者文字，我或会搬进 W 的寓所，继承他的书桌。有时我想，如果我可以不做自己，不必面对那些堆积盘结的问题，变成 W 或任何一个人，那不是简单得多吗？

又如果我是 O，那也没有问题。但我想我也没法变成 O。

他轻轻爱抚他的宝贝老爷摄影机，另一只手举起杯中啤酒，一饮而尽，一面说他在城寨里面拍照的过程。啤酒和摄影，是他最喜欢的两件事。他喝了酒说他的摄影，尤其动听。黑白摄影扔了满台，在卤水鹅、豆腐和酸菜之间。在我面前的那一张，天台荒废的鱼骨一样的天线底下，破烂的门框中，他和他的女友赤裸相拥，微光在肌肤上泛起涟漪。

他向旁边的一位时髦美国女子展示那照片中的旧账簿、算盘和牙医招牌。我瞥见光明里昔日鱼蛋铺的旧址，是的，那里昔日是全港最大的鱼蛋制作工厂哩！还有制作砵仔糕的工厂，还有猪红加工的工厂呢！离开香港已有十多年的朋友们不觉充满了怀旧的感情了。现在怎么样？都拆光了吗？O游说她们跟他潜进铁丝网里面。他说他怎样深夜在那些相连的天台上奔跑，仰天长啸，他说他们喝光了啤酒，露天做爱，醒来看见满天星光，特别动人。

我们商量如何可以在香港找一个空间去办我们的装置艺术展览，城市剧场关门了，文化中心有它的限制，会展中心又完全是商业的空间。O大力推荐在九龙城寨举行。O把城寨说成一个自由的、浪漫的、反商业的、政治与反政治的空间。他攻击鬼佬拍的猎奇照片、政府的新闻片、日报上黄先生的专栏《人间豪情》那种廉价的伤感。他说每日拍那些女艺员的桃花坊性感照片拍腻了，他在深夜就会携带一打啤酒，潜进弃置的城寨里，在那儿偷偷喝酒。只有在那里他才感到自由，他说的好像那儿是桃花源什么的。他对他的工作无限厌恶，总是那样让女艺员穿着很少、酥胸半露什么的。他说他在城寨拍的那些才是真正的代表作：赤裸裸的、乡土的、诚恳的、自传性的、忏情式的。从美国来的朋友们都不禁动容了，他们感到真正接触到一个香港的艺术家。尤其在这样的一个环境，在城寨外面的一间潮州小馆，露天拢的桌子，吃得杯盘狼藉，喝了满肚子啤酒，整件事带上一种神秘浪漫的气氛。

他在向美国来的女子解释城寨过去如何属于英方不管中方也不管的三不管地带，另一位朋友说起最近的迁拆又如何引来抗议与索偿，有人指责赔偿不公，又有人指责某些人占地谋利。O把他的照片一扬，指着其中抗议的布条说："都在其中了！"我的可爱的老友O，他真觉得他记录了这个城，他赤裸裸地把他和他女友的身体呈现在我们的面前，骤看跟他工作拍的照片没有太大的区别，不同的是他高叫：抗议权威！打倒剥削！自由性爱！彻底解放！他大概喝得太多了，所以到头来他反复说的就是：你们要看城寨，我就是城寨！然后就开始脱衣服了。

我们开始盘算怎样送他回家。但他推开我们，解开的纽扣中露出青白的肋骨的形状。他站起来举起照片，指着背后竖起的楼宇，那背后围绕着的，他称之为香港的城市中的城市、中心中的中心的地方，那城市中的原乡！堕落与新生的福地！荒原泉水的所在！脱牙的鲜血与漱口的圣杯！游鱼轻磨与鞭挞而变成鱼蛋的成长之地！葡萄圣酒凝结成为心形的猪血，所有童年的砵仔糕飞舞的绿野，所有原动力凝聚与发散的枢纽，没有了侵吞和扭曲的后殖民的空间！呵，他高声呼啸着，在我们无法拉着他的当儿，奔过对街，消失在那如幻如真的城市的边缘了。

二　记忆的城市

在纽约，最后的一天，在曼哈顿街道上闲逛，想起法兰克·奥哈拉诗作典型的开头："这是十二时十分，在纽约，我不晓得能否赶起这首诗准时与诺曼吃午餐……"

我们要到哪里去？走过热闹的街头，横过斑马线，出租车搅动空气，猫儿在木屑中玩耍？工人戴着黄色的头盔？奥哈拉诗的意象是城市的意象、零碎、罗列、寻找新的联系。我们要打电话给W，约他出来吃一顿午餐？我们要走入电话亭，拨电话找一个不认识的人？一下子，我们仿佛不再是过客，投入这都市生活中，办事，询问机票，打电报往巴黎。"但我不会说温柔——"

我删去了最后一句，决定不如把整篇东西重写。我现在开始在这里重写这个故事，是因为我对过去十年前写的东西不满意。重读的时候，发觉跟当时的感情距离越来越远了，这也是这小说一直迟迟不能完篇的原因。十年前我从外国回来，经过一段旅程，探访了生活在外面的朋友，然后回到香港。当时不知道为什么很想写这么一个故事，大概我以为写这么一个关于回来的故事可以帮助我回来，大概我以为重拾文字就是回家了。

　　没想到事情没这么简单。后来运回来的一箱箱东西堆在屋里，还没赶得上能在急剧变化的现实生活中派得上用场，偶然拆开其中一箱，找出一样什么，赶着在现实生活中应急；然后，拆开了的箱子上面再搁上东西，成为阻路的障碍，始终没法跨越，也没法把里面的东西拆出来，好好地融入已有的家具之间，重新发展成为一个可以工作可以生活的家。家中年长的亲人病倒了。N病倒了。后来有一段时间我也病倒了。

　　我们逐渐减少了用文字表达自己。这固然是因为生活繁忙，工作的要求已经令一个人应付不来，另外当然是感觉到现在香港的处境中，文字由写作、发表、传播到接收的过程，也不是那么亲切舒适，文字脉络的世界，不再是一个可以顺利回得去的家。

　　我好似在夹缝中写作，无家可归。这十年前在报上连载的小说（正如后来一些类似的东西），带着刊出时的错字、心里想重写和修改的段落，搁在那里，无法出版。好似一个个纸皮箱子，混在杂物堆里了。

我翻到一页旧稿，文字间透出一个空白的人形。我小说里的人物跑了出来，不知怎样适应这世界。我碰见 D，从法国回来好几年，她做过不同的工作，遇过许多不如意的事，她说：我的脑袋一度好像被烧伤了，有些事情我已无法记忆。

我又碰见了 X，她刚结束一段感情，不欲多谈。她剪短头发，正在吃药丸。她说回到香港来，想为争取女性的权利做点什么。

我重拾我的小说，一面担心不知有没有过分乐观、有没有过分简化，没法说出比较复杂的事情。

我的朋友生活在现代都市里，面对种种难题，也各自有所追寻吧！D 和我们走下早晨的地铁站，替我们买了票，她要走另一边，去做每日三小时的家庭工。我们在这儿道别。背后一幅广告上，一个黄衣女郎扭着腰肢，努起红红嘴唇，旁边写着："一千件心头的小东西！"宣扬衣饰、香水、帽子、小巧摆设和其他消费品。

D 自有她的颜色和衣着，小小个子站在人丛中，坚强清朗，她会回到版画室，工作六七个小时，做她的铜版画，仿如一头孤独的狮子舔好自己的伤口，然后再出来。这路是漫长的。她说："只可以解决六个烦恼？"又笑起来。昨晚吃饭谈天的时候，她们问："你们各自的烦恼呢？"N说了她的。我的呢？意大利老板走过来，打断了话题。桌上灯火摇摇，杯中的东西早已饮尽，窗外是黎明了。走入晨光的路上，半明半昧的，远处仍尽是幢幢的阴影。

城市的早晨，人潮在身边涌过，匆匆忙忙上班去。多年不见的朋友可以再在一起吃饭谈天，知道多一点彼此的生活，是一件好事。相近的想望、对生活的态度、默契和了解，令我们在遇到不同的事时会想起彼此。临走时，我说："D，不要再说男性是有某种虚伪吧！"她笑起来，说："好，我再考虑一下这句话吧！"然后走入人群中去了。

跟着下来的是一段我们和Y去参观庞比度中心看艾吕雅诗画展的描写，我忍不住提起笔来，想把它删去。我的手停在半空，犹豫不决。写这小说的时候，我仍然比较相信康复的力量，相信人经过挫折，可以痊愈，重新工作。我现在也不是完全不相信，但有时没有那么肯定就是了，我不知D的近况怎样了？为什么现在我们越来越忙，没有机会好好谈谈呢？我是否到头来也变成不过是那些虚伪的男性之一？我发现当时我很肯定文艺的能力，写城市的时候连起城市的诗人来写，如写纽约的时候写向 W 推荐奥哈拉的诗，写巴黎又写了一大段艾吕雅。现在一看到谈诗的段落，我就想动手把它删去。但我终又停下来了。这会不会是矫枉过正，粗暴地对待自己的记忆呢？我叫自己再读一次前面那奥哈拉的段落。真的，这样在小说里大段大段地谈奥哈拉的诗，甚至还译出了他谈友人宾妮的那一段诗文，夹在叙事中，真是太过分了！但另一方面，我重读奥哈拉那段散文，又仍然有点感觉：

　　"我还有一顶黑色圆锥形笨伯帽，装饰着银铃。她送给我让我写作时戴着。'它会令你松弛，'她说，'不会心神烦乱，它会阻挡鬼怪。'当宾妮是你朋友，她不仅是个亲切的朋友，还是这段友谊的守护者，守护她自己的梦！

　　"奇异的洞悉能力，以及有时狂蛮的坦诚。你可以在她剧中女主角身上见到这些素质，她们，正如马莉，心有困扰，但永不放弃。

　　"她逝去已有五年了，好似是瞬间事，好似未曾发生。她在诗中仍然打长途电话给我们，告诉我们她近况如何，事情可以如何光明，事情目下如何可怕。她是奇妙的人。

她是我们最好诗人之一。仍可以看到她留下来的一些作品是我们的运气。"

我并不想否定文中的感觉。但在曼哈顿街头漫步，并不一定会想起诗。在小说的叙述来说，更像是累赘的行李，堆在房间一角的旧纸皮箱。第一个想法当然是把它删去，但删去了也就删去了一些思路的发展、感情的上文下理。为什么在描写曼哈顿这样的现代城市的时候会想引述这些人的文字？我依稀猜想，从后面说到奥哈拉与友人合作的事物中，是想提出另外一种生活态度。写这段文字的人——慢着，什么写这段文字的人？那是我呵！我重读这些旧日的文字，总是给弄糊涂了。好像读着别人的虚构小说，不能完全认同，又不能完全否定。我该怎样把纸箱里的旧东西拆出来，成为今日生活的一部分呢？

三　虚构的城市

我不知他为什么这么生气。我没见过人读报会这么生气的。

"又来了！《香港文艺忆旧三十年》之四十四！完全弄错了！连人名也写错了！根本不是那个年代的事！混账！"

我本来在吃我的煎蛋，忍不住接过来看。

"不是说年纪大了，记忆容或有错，欢迎各方友好来函指正吗？你不是说五天前都在更正前五天说的东西，知错能改，很好嘛！"

"问题是他为什么要写！不知道为什么要写！"他瞪着我，几乎当我是那个混蛋黄先生专栏的代言人了。

"说什么三十年来的散文，就在捧他几个老友嘛！貌似客观，以为有个专栏就可以胡乱制造历史吗？"

他大力拍案，奶茶都溅出来了，于是又要张罗抹桌。他悻悻然把报纸拿回架上，你以为他是发誓不再看报了，不，他又带回另一张报纸。

"妈的，这龟蛋今天说要了解香港文化就不能不去看《大咸湿》！"

"也许是收了钱吧！"我说，"再不就是人家请吃饭，或有什么利害关系的，这种事大家都知道了！"

"话不是这样说，这样写出来了，影响怎样说呢？"

我要去上课了。上课以前最好静一静。只不过因为我每天早餐都碰到他，所以连带早报里的黄先生专栏（他一共给五份报纸写专栏）都跑到我的脑里去了。这真不健康。就像传染病、冷气系统传播的细菌、从公共设备传染上的病毒。他每天早餐坐在对面讲给我听，这严重影响我的消化。"黄先生"今天给他

烦恼娃娃的旅程

的太太送花。"黄先生"两天没有上厕所，征求读者有什么良方！真是岂有此理。连我上楼梯时，也隐约以为有个猥琐的小人物蹲在转角的地方。

他总是说：有些什么侵占到我们的生活里面来了。黄先生好像是普通常识的化身。黄先生对什么都可以发表一两句意见。黄先生十多二十年前本是文艺青年，现在是"消闲而已"。黄先生跟太太去饮茶，顺便问了西蓝花的价钱。黄先生浪漫温馨。人间有情。黄先生是梁苏记。黄先生昔年对着卢沟桥的石狮子流泪。黄先生曾当过小学征文的评判、在街坊福利会演讲。黄先生无限慈爱地给女作者回一札诗简，说街头生活和泥土气息的重要，顺便损两句不知所谓的后现代和学院派。黄先生说对老百姓来说民主还不是时候。黄先生昨晚吃了一个不错的鱼头煲。黄先生偶然会豪迈而朦胧地结束一日的专栏：生活的酒、日子的伤口……

真是无聊。我本来想好好分析一下彭定康的施政报告，写好关于中国电影的论文，还有把我自己十年前写的、四年前写的、两年前写的长篇分别写完，结果却纠缠在这些鸡毛蒜皮的事情上了。我辛劳工作一整天，好不容易把这些事情忘却，第二天早上吃早餐的时候，他又再向我叙述新的发展。简直就像一出准时播演的没完没了的连续剧。

我想换过一个吃早餐的地方。不是我对朋友有反感，而是我的胃忍受不了。这是工作地方附近唯一的膳堂！（而且还有报纸可看呢！他说。不知这正是问题所在。）也许不如换一份工作。也许。也许换一个住的地方。W说他移民以后我可以接着租他现在住的地方。也许是个办法。但我想我需要的是彻底换一种生活方式，或者彻底换一个人。我对自己纠缠在这样忙碌琐碎的工作里越来越觉得没意思了。

我决定推掉所有应酬，不看表演也不看电视，老老实实把我的小说写完。我好像觉得里面有某种意义，但到终于把东西找出来，重看多年前写的，又停下来，不那么肯定了。

我可以感觉W在香港一定遇到某些事情，令他愤慨，令他心酸。但现在，在黄昏的时分，当他帮我一人一边挽着我巨大的旅行袋，沿着那一区的陋巷走向地铁站，乘地铁，转去机场，我又可以感觉多年前原来认识的W，温和、善良、有见识、为人着想，稳定地站在朋友身边，与你共挽一个沉重的袋子。我不完全清楚W碰到的是什么，我隐约知道他一直想编导的剧结果演出来却没有得到正面的反应，甚至没有反应，他自己对它也不完全满意。听说合作上也有不愉快的地方，有些美术界摄影界的人拿他付底片的钱去喝酒喝光了，还有种种答应了而没有做出来的事，还有人们种种奇怪的反应和态度。再度在异国遇见 W 感到他有点不开心，有点愤慨。然而现在，最后这天，当他送我们来到地铁站候车往肯尼迪机场，仿佛有冷风飕飕地从月台的那一头传来，我们身边的他仍是我们最初认识的他，温和地笑着，说："有时朋友来大家一起去看看戏剧也是不错的呀！"我高兴他可以这样说。车声响起来了，我挽起沉重的行李，我们握手道别。希望有一天再见，再一起坐在地板上谈天，再一起去看前卫剧。

我停下来，并不完全满意。在这前面，本来有些关于人的素质的反省。但电脑的画面好像也有个小人物的影子，以他的普通常识嘲笑我的执着。我删去了，又觉得有点可惜。我是不是太执着于记忆中的什么呢？又抑或我是太受现实的影响？我终于在《越界》上登了一个广告：

小说写了十年无法完篇
工作繁忙诚征合作重写
欢迎大刀阔斧改写拼凑
无所不为擅长电脑更佳

广告刊出以后，一直没有回音。我工作又忙起来，好朋友L又病倒了，我也没时间再理会我的小说了。

朋友的病，我事前倒不觉得有什么症状。我们一直都有见面，我以为近月已经好转了，突然听说要检查和住院施手术的消息，教我吃了一惊。去看朋友的时候，听说起症状和治疗的过程，令我想起：我们都太久没有检查自己的身体了。

回到办公室，遇见一位来访的女子，她手上拿着《越界》的广告。我把我的难题告诉她，把上面写有关多年前在纽约与W分手的那段文字给她看。她点点头，就坐在电脑前面工作起来。

我问："我们要讨论一下吗？"她摇摇头。我便继续改我的卷子。过了一个钟头，她把合写的故事交给我："在艾滋阴影下，傲视中产阶级庸俗道德观才是今日的英雄！人文主义已死！火车隆隆的呼啸过后，不羁的天空下只有月台的一摊血和一个大袋子！两个挑战人间桎梏的同志化作车轮底的蝴蝶，在来生继续追扑缥缈的异香！"

四　记忆的城市

最后一天在旧金山，烦恼娃娃出现的地方，沿着哥伦布街从唐人街走往北滩。这是我喜欢的城市，一个适宜散步的城市。我往往想与朋友们一道走过这些街道，一起发现种种生趣盎然的事物。哥伦布街这段路，是当年比尼克（Beatnik）诗人和艺术家的聚居所，是诗朗诵、画展和通宵谈天的咖啡馆所在地。盛况已经不再了，近唐人街那一头，诗人费林盖蒂的书店"城市之光"还在，还是那么热闹，还是新诗集的大本营。在地窖，宽敞的空间放着桌椅，供人阅读休憩。周围书架上，当年的地下诗人按姓名字母排列，每人出版的作品都各有存在的空间，还有选集和评论集。六〇年代是狂热和叛逆，八〇年代则回过头去思索意义何在了。

一九八二年二月我们学校举行了一个"旧金山文艺复兴：重新评价"的研讨大会，一连数天，回顾这五六十年代勃兴于旧金山的文学运动。

听着这些诗人和批评家回顾那时代，想到一些问题。听邓肯说到史派沙当年如何在酒馆中开他的写作班，高谈阔论，接受每一个有兴趣来听的人。听他们说当年各种奇奇怪怪此起彼伏的地下刊物，如何培养了新一代的诗人，不禁想到，彼此处于这么不同的环境，当年我为什么对这些文学有兴趣？为什么十多年前会翻译他们的作品呢？

诗人路云逊的一番话，好像间接提供了一个答案。他说刚到圣地亚哥那天，到"风与海"海滩去，碰见一个正在滑浪的年轻人，见一股波浪向他涌来时向两旁的人说："这是我的波浪呀！老兄！"本地的滑浪青年，往往是一两个海滩的常客，把那儿当作他们的"地头"，对外来的滑浪者投以不友善的眼光。当年旧金山的可爱，正在那种对外来者的容纳、对非圈内人的欢迎、不会把一股波浪，一块海滩据为己有的态度。路云逊说当年大家聚会碰头的地点在咖啡店，在酒馆，那是公众都能参与的地方，不是某个机构或私人的地段。当年他们办地下刊物，结束了又再开始，每次都是园地公开，以刊登新人新作品为荣。通过写作，结交新朋友，彼此争辩、交谈，一起搞文学革命，反叛原有文坛的迂腐风气。路云逊说当年最可爱的，是那种开放的态度，彼此友爱关怀的社团风气。

我带着来自纽约的珍和云逊，从天星码头走上兰桂坊。他们对星期天聚集在皇后像广场的菲佣叹为观止，说这改变了城市的空间面貌，跟二十年前的香港很不同了。旧的汇丰银行还在那儿，但新的中心已经转移了。菲佣在香港工作，有受到歧视和排斥吗？每次外国朋友问起香港的事，我总不知该怎样说得公平。我本来想带他们到兰桂坊去，在半路上又犹豫了，这儿真能显示香港文化空间的一面吗？站在德忌笠街的路口，可

260 　　　　　　　　　　　　　　　　　　　烦恼娃娃的旅程

以看见道士正在超度亡魂，发生惨剧的地点附近的店铺都人客冷落，头顶上空原来挂的摄影已经给拆下来了。香港八卦报刊有关风水迷信的舆论造成了压力，令摄影的朋友们成为这事件的另一批受害者。我可以说清楚让珍和云逊明白；这儿本来有可能成为一个开放的、让各种不同身份的人共存的文化空间？当他们踏足这条街道，这儿已经是一片混乱，满目疮痍了。

我打开报纸，看见好几张照片，都是一群人排排坐，另外一张是园丁的大特写。园丁说围成一圈就是民主了。园丁正发表他的香港文学史，又说，香港的学院没人创作，诗应该是喷涌出来才对，诗要有豪情、有生活……真有趣，围成一圈就是民主了。我细看照片里园丁的特写，圈外面一片模糊，看不清了。

在我们最初开始投稿的时候，普及的文学园地很少，有些又比较封闭，排他性较强。我喜欢那类不守常规的外国文学，大概是喜欢那种开放明朗的态度。当时被这些文学吸引，是看厌了常见的拘谨挑剔的态度，特别喜欢感情洋溢不拘小节的作品，看厌了对人情交往猥琐实利的猜测，特别对于天真烂漫，对人有信任有真情的人生十分向往。文学补充现实生活的欠缺，提醒一时遗忘的感受。翻译这些不同文化背景的作品固然感到彼此也有分歧，但被其中的天真、热情和诚实感动，也希望我们的都市成为一个可以较人性化地生活下去的地方。文学世界和现实世界，必然地显见距离。天真地办刊物、活动和认识朋友的同时，自然也不免遇见了并不天真的人和并不天真的事，恐怕也不免有离题的猜测，实际的纠葛，导致种种误解和发现了。离开一段时间回来，许多空间又再关闭了。

丽港城的居民，反对在那儿建精神病患者康复活动中心。又有人抗议菲佣星期日聚集在中环。人们为自己画了一个又一个圆圈。我该怎样向珍和云逊解释香港的空间呢？也许，到头来，他们的提问反而令我再三思考……

我试在这里剪接上一段关于唐人街的描写，看效果怎样。本来应该用旧金山唐人街的描写，但太简略了，且拼凑这一段试试看。

站在街头，看熙来攘往的人潮，Ｗ突然指着街尾一幢大厦，告诉我们彼得就住在那儿，在那所孔子大厦里。孔子大厦？一下子，孔子变成了一个符号，移离了原来的意义网，又进入了另一丛意义的阐释中。我们注意那符号，它变得突兀，是惹人注意的符号。Ｗ不知为什么有兴致带我们行唐人街。他说他正在做的文章可以迟交，要陪我们走走。

唐人街很挤迫，除了食物馆、杂货铺、卖书刊的商店，还有新近增多的关于移民、签证、投资、物业的机构，毛笔的字体潦草地写在纸卡的标志上。菜馆门前挂着烧腊，闪着油亮光泽。身边拖男带女的人们，说话的腔调既陌生又熟悉。我们在一家杂货店前停下来，看那些搪瓷器皿，在凌乱的木糠间看一个朴拙的民间玩偶。旁边面包店有各种形状的面包饼食，一些我们已经遗忘的东西，却在这里保存下来：比如棋子饼，五彩笼里盛着小猪的猪笼饼……每次走过不同地区的唐人街，感觉往往很复杂。一方面，新出的中文书刊，中国食物，带来新的消息、亲切的口味；另一方面，这儿代表的生活方式，又到底跟我们隔了一段距离。我们奇怪有些人看不起唐人街，要远离这些牵牵绊绊的事物；另一方面，在这里遇到的一些人，挑剔饮食，夸耀物质，生活在狭窄的圈子中，闲谈说说别人短长，又令人无话可说。先代的移民，辛劳建立事业，勤奋维持家庭，只是一个神话吗？创立的铺子现在变得破旧暗淡。更多的人挟着资金前来，投资建筑更多高楼，开办更多金碧辉煌的酒家，大家都喜欢说这儿的虾饺是全世界最好的，招呼如何好，比香港好，我们在外面走过，没有进去，看着一切，感到既熟悉又陌生。

我们走在唐人街与北滩之间。我很清楚，旧金山文艺复兴的时代已经过去。"城市之光"和伯克利的书店还有诗朗诵，走过遍布城市的画廊和博物馆，往往还可以碰见高水平的展览会，但此地一般的酒馆，挂上霓虹招牌，只是以脱衣舞为号召，不见得再有一个史派沙在那里教人如何作诗。许多诗人都逝世了。北滩也越来越商业化了。

在唐人街的中文书店看到中文新书，或者从中文报刊知道远方消息，一时令人欣喜，一时令人担忧。那些联系看似密切，却又疏远：看似微弱，却又深厚。经过迁移变化，那些红柱绿檐显得可笑，龙凤看来无力，商店看来杂乱，杂志是那么旧，报上的字显得奇怪地大，但仍是我们熟悉的汉字。

朋友说：书店里找不到一本好的香港出版的中文书，可以适合他儿子阅读。我说：不会吧。但我站在书架前面，也真的找不到……

北滩归北滩，唐人街归唐人街，在比较现实的八〇年代，两者的距离越发远了。等到北滩只剩脱衣舞的酒吧，唐人街只有电视铺和饮食店，彼此可以沟通的，大概只有现实的消费吧。我们还是不甘心，在书店徘徊，翻阅新书，对事情抱持希望，发现一个好的作者，一本好的书，就会觉得世界还是有希望的。我们当然并不属于旧金山的北滩，我们也并不属于唐人街，那些颜色和声音，没有我们的份。我们来自源流古远的汉字世界，那些文字不断更新组合仍然触动我们；但与其他文字的接触，又会令我们产生新的变化。

那些离开了一个城市去到另一个城市的文字在做什么呢？

文字的放逐。羁旅天涯，游子的心。呵，旗正飘飘。黄土地，我属于您。我耳边老是听见嘹亮的国歌，我血管里奔腾着炎黄子孙的血，呵，我碰见一个梳马尾穿牛仔裤的异国女郎，她是那么仰慕中华文化深厚的传统……

文字堆叠成一座座美丽的积木城，在辽阔的黄土地的那方，云深不知处。眼前电视庸俗的影像又来动摇我们：金旅号货轮搁浅，美水警调查，逾百人蛇跳海抢滩酿成八死数十伤的惨剧。

文字经过海关，彷徨无着。仰望高楼，眼花缭乱。西方资本主义社会人欲横流。我们是被邀的贵宾，所以来到洛杉矶住在最高贵的宾馆中，半个小时就可以顺利吃到早餐了。汉斯跪在跟前求婚，我摇身一变成为名成利就的曼哈顿女人。文字经过海关，充满好奇东张西望。我收集东方美女的神秘。我踏上长城得了支气管炎。一位美国诗人说，我在生活上感到迷惑。一位中国女作家说："你不应该感到迷惑，你应该有一个正确的人生目标。"你在说帝国大厦，我在说孔子大厦。文字翻译过去，有些什么却没有过去。

滞留在这边界的城市，真是近乡情怯呢。香港也没有什么了不起，也没有什么高楼大厦。是文化沙漠。是我等待飞机的地方。学生应该学习的，当然是欧洲的文学，香港文化？真有这样的东西存在吗？

混杂了各种文化，混淆的标准，会有数不清的误解，真能接触实际、聆听，对话吗？

各种各样的对谈，正在进行，开始了又中断。

报上的新闻：对谈无限期地延期。股市恒生指数下跌。

真正的问题复杂点，不仅是文化问题，还有利益问题。还有：谁和谁在谈呢？那不是我的声音。我在夹缝里，没有了声音。我看着到处泛滥的一堆堆没有意义的信息。我兜着圈子说话。

五　记忆的城市

我坐在 W 过去的公寓的房间里，看着窗外的夜景，W 终于移民离开香港了，我接着租下他的房子。他的帮忙，解决了我要找地方搬的难题。我望出窗外，看见尖塔的灯光，想起 W 开的玩笑，说这是香港的"帝国大厦"。我想起他现在该怎样了？

我看着沿墙边排列的一个个纸皮箱。好像每一个是一个城市。等待我把它们打开。

我看其中一个，写着"旧金山"

我看其中一个，写着"华盛顿"

我看其中一个，写着"柏林"

我看其中一个，写着"台北"

我看其中一个，写着"上海"

我打开其中的一箱，拿出搁在上面的一本大书。那是《艾吕雅与画家朋友》。我打开其中一页，那是布勒东为朋友艾吕雅绘画又加上密密麻麻批注的命宫图。

　　那是最后一天在巴黎，我们和Y去看这个展览。她说她没有读过艾吕雅，我给她讲他的诗。我想她能喜欢李义山和李清照，一定也会喜欢艾吕雅。过去一代中国的现代抒情诗人，如戴望舒、如罗大冈，都译过艾吕雅。好像那些诗里温柔深挚的感情，总是一再感动我们。我记得他写："我们从来没有开始过。我们一向互相爱着，而因为我们互相爱着，我们愿意把其他的人，从他们冷冰的孤独中解放出来。"我想到Y的遭遇，一直在那里追寻情爱。我想到她怎样遇到了她的丈夫，两个人在日光岛上"霸"了块地耕种为生，然后她的丈夫回去被捕了，杳无音讯，然后她又辗转来到巴黎。她生活的波折、情爱的烦恼中，总还带着那份对旧诗词的热爱，对她而言是生命的直感体悟，到头来总令我们感动。

我们在外面的广场上与 Y 告别。我想她会继续学习和生活，用她自己的方式。总是堕进情爱，又是烦恼又是欢愉。她会成为一个妇解分子吗？多半不会，但她到头来又比我们适应得更好。遭遇伤害，仍然开朗地生活下去，有心接受外面世界的新事。广场上有街头卖艺者，聚集了围观的人群，小孩子追逐穿插，叫嚣和嬉笑混成一片。背后中心的典型现代城市建筑，鲜明坦露，爽朗地敞开容纳每日热闹的人群。我们说，有一天回到我们的城市相见。谁知道呢，说不定那时一切更好，城市也有了更多这样收集和整理资料的艺术馆和展览中心，把知识开放给更多的人。我们翻着买来的诗集，鼓励对方继续用心读诗。

我看着这本白色的大书。说来惭愧，它变得有点发黄，边上还沾了水渍，像我一样，它也经过了一些不愉快的日子。我读到一些对艾吕雅的坏批评，也疏远了他。也许我应该重读一遍，看我今天真正怎样想。至于 Y，去年我在台湾与她重逢了。

我到台湾开会，打电话给她。她和画家丈夫到旅馆来看我，带我到诚品看"诗与新环境"的诗画展览。Y 看来没有改变，还是不记地址，照样在巴黎时那样到处问路。在热闹的台北街头，我们找到一个地方坐下来吃台湾菜，好好谈谈别后的生活。她与丈夫生活得很好，教书，创作，仍然喜爱谈天，喜欢朋友。朋友带给我们启发。我觉得她比我更能从旧日转变过来，不带辛酸，她总有那样的能力，自己找到一个城市，建立一个家，创造自己的空间。临别前她再约了我在"台北故宫"的茶馆，喝着茶，她说："我现在比较可以接受你诗中的铺排了！"我笑起来："我的诗也改变了！"她在教文学和写作，工作不一定完全理想，但多少能做一些她想做的事。她仍然热心谁写了好作品，向我推荐她班上学生的作品合集。她又说："其实现在台湾新一代诗人跟你的尝试比较接近！"多年不见，还是可以在一起喝茶谈诗，使我生了感触，这令我感到安慰，亦令我失落，因为我突然醒觉：长久以来，我离那种感觉很远了。在箱子里我又挖出一顶笨伯帽。我依稀记得，好像是 W 送给我的，就在那次纽约之行之后，在我跟他推销奥哈拉的诗以后。

　　我们在孔子大厦附近，说平面和深度的问题。大家说好像没法完全相信所谓一切事物都有深层的意义，但另一方面，又不愿意只是在苏豪光滑的声色表面滑过。好像是说对那种农妇式的伟大多么吃不消的时候，我举例说起奥哈拉的诗，他好像在说：与其说为人类牺牲，还不如实在用两个小时和朋友喝杯咖啡吃顿饭听听他们的问题；若说改革人类前途，还不如实在注意一下认识的人，看他们有什么需要，有什么话跟他们讲。一首诗可以是跟朋友的对话，也可以是跟一座城市的对话？

后来，许久之后，W寄来那顶笨伯帽，说：也许你可以用来戴着写作。

我把帽子拿出来，拍拍上面的灰尘。

我看着窗外的帝国大厦。在香港看着帝国大厦，在纽约又看着孔子大厦。我们真奇怪。大家现在怎样了？

一盒烦恼娃娃。六个娃娃或站或坐，样子却带点风尘了。

一盒烦恼娃娃。我在外面曾带去给朋友，希望替他们解决问题。回来遇到的旧朋友同样各有烦恼：工作生活的辛劳波折。亲友的生老病死。人际关系的亲切与痛楚。外在社会政治的变动。烦恼娃娃能化身三千，解决一切吗？

六　虚构的城市

我们打算在香港小公园搞装置艺术。我们到处看地方，往往闯进不该闯进的地方。总有管理员从门后转出来问，你们是来干什么的？

我们暗里笑他们的木台里曾塞满小报，偶尔还有一瓶酒。我们偷偷溜下后梯。我们盘算怎样可以把后窗扩大一倍，把警告和教训语气的牌子换上令人发笑的诗句。后面是观鸟亭，我们在想怎样可以把白鸽巢全换上比较宽阔的住宅，动物怎样不必为住处忧虑或者可以有较卫生的环境，他们的孩子如何可以有更好的教育。

我们沿路走上去，惴想古怪的金字塔是否可以打翻，草地上和围上篱笆的地方是否可以拆通来演剧？人们是否可以自由走动，越过界线，甚至站在肥皂箱上长啸？高高在上而毫无用处的红砖塔是否可以收回在帽盒里不必拿出来献世？怎样可以扑灭废气，消灭噪音，而且不必用蟑螂来维持法纪？

我们偷偷乘运货的电梯走上这座奇怪的建筑物，站在画廊一列玻璃窗的前面，你可以望出去看见城中更多其他更古怪的建筑物，它们都非常个人主义而不相干地站在那里，只是竞赛谁身上可以鬃上更多的金漆和闪光。我们在暗想展览的时候是否允许我们把玻璃拆去，让我们换上其他更有趣的东西？我们是否可以把常见的堂皇的巨柱锯低一两尺，把室外的蚁巢搬到厅堂来。

我们依循手续，开了一个又一个会。大吉地产公司的负责人，也就是公园的地主，向我们警告说什么改变都不可以。又再开了几个月的会以后，又突然说什么都有可能了。被这种虚假的乐观主义所鼓舞，我连发明了可以替我开会的机械人也不用，自己去听福音了。清和地产公司的负责人也在那里，他们说托管结束，现在会有新的地产前景。但对我们这些装置艺术家来说，还是什么改变都不可以。他们讨论，他们在那里开会，似乎跟我们没有什么商量，我想下次不如还是由机械人代我开会好了。

你对九五直选有什么意见？
你以为未来哪一只股票较为好？

我看着电脑打出来的新段落，对眼前这女子说："我并不是要迫你复述我的话，我也不想只复述你的话，你看我们是否可以真的一起商量，合写一个不光只是你认为对或我认为对的故事呢？"

O真的失踪了，消失在城市的城市里。他失踪之后就变成黄先生专栏的话题。尽管他过去痛骂黄先生，他不在了就变成客体，任人谈论，歪曲成又一个温情人物，黄先生的忠实读者，高唱"友谊万岁"那样的人。尽管他曾被黄先生陷害，失去他的职业。但黄先生无所不在。黄先生友情洋溢。黄先生卧冰求鲤。黄先生为太太送汤换药。黄先生为知己的老板七侠荡寇。赴汤蹈火。

这世界太缺乏真了！黄先生在专栏里感慨系之。真。真诚。真实。真朋友。真材实料。真真辣薯片。真多冰。真金不怕红炉火。珍珠嘅个真，所以我在最近的一本谈珍珠的书里，会教大家怎样分辨真的珍珠的问题，这本书，有许多我珍藏的珍珠图片，每本只卖四十九元，各大地铁站门市部有售。

有时我疑心黄先生不是一个人。他一定是一个集团、财雄势大的集团，制造出许多机械人来（像我制造代我去开会的机械人一样），渗入到各份日报晚报去。黄先生不断制造新产品。它不断为自己塑造新形象。它自称为"怒汉"、"温情小子"、"小男傻人"、"寂寞的心"、"敢言的人"、"曾经参与学运的灿烂者"、"小策略人"、"朴拙的忠厚者"、"唯情论者"、"敢爱敢恨者"，就好像雨伞一样，用完一把又一把。

我去看我的朋友 L，他长期卧病在床，昏迷不醒，也就无法使用文字，没法用语言把自己的爱憎表达出来。我的朋友，我的不少朋友，都在无声地跟一些巨大的力量挣扎。身体里的组织在反抗自己。脑子里开始听见声音了。沉默地退回房间里。发狂地消失在一列墙后面。我的脑袋被灼伤了。我站在门边，好像看见外面无尽的黑暗的深渊，微微听见人声……

我开始学习电脑，缓慢地、笨拙地，犯了各种各样的错误。

我把一句话打进电脑，等待你打进另一句话。

我等待一个你来，希望我们可以好好地说话，但在我的那句话后面，现在仍只是看见一片无尽的青荧，没有文字。

这样写下去有意义吗？如果总是这样的话。

在你该出现的地方，只是无尽的静默，广漠的青色的虚空，你会活过来吗？

你会活过来吗？我看着你躺在这里，更瘦削也更朴拙，被时间吸尽了水分，已经不会张嘴，不再举杯。我们在整个仪式里默默坐着，你妻子叫我说几句话，我结结巴巴，说得出我要说的话？说得出你一生的故事吗？你少年时代投稿公教报文坛，开始一生与文字结缘。当年你认识的神父今日为你主礼，求神宽恕你的过错。从宗教的角度来看，他一定认为你一生皆是虚掷，充满人性的软弱，唯有把希望寄在天国。我无疑处于劣势，仍想用俗世的语言肯定你今生的作为。你写过优美的抒情诗，给怀疑的人以安慰，多情的文字，引人共鸣，你从事报告文学，新闻和编辑工作，直至生命的尽头。我当然也知道，你就像我们这边坐着的人一样，用了许多的时间从事烦琐的工作，修正新闻里的煽情、商业产品的偏颇，因为生活而作种种妥协，在没有意义的事情里为自己创造出意义来。在不同的阶段，我们不止一次坐在酒吧里，说起怎样可以在限制里有所作为。厚厚的外文书里有出版家的传记，其中提到远大的眼界、爱书的深情，从而开创的种种新潮流，往往令我们有所向往，希望有所作为。你在你的限制之中，有所迁就又有所坚持地，建起你自己的准则了。

你酒越喝越多。我们都越喝越多。你每天下班都泡在酒吧里，为了生活和感情，为了酒的陶醉。你有病时我带书给你，却硬起心肠不给钱你买酒。后来，你出院了，还说要戒掉酒，要喝牛奶。我想你终于会好起来了。甚至后来你开始昏迷不醒的时候。我们七○年代过来的人，总好像带着某种浪漫的信心。以为经历了坎坷总可以重见光明，直至现实里发生的事，令我们终于明白过来接受现况。你终于离开我们了。

你葬礼过后的那天深夜，X打电话给我。我们已经好几年没有见面了。你的逝去令她伤感，整晚感情不能自已，她甚至担心我的身体。我们谈了很久，我们许多年没有这样谈过，也好像大家越来越少与人谈话了。X说朋友离开、逝去、闹翻。每日忙于工作，读犯罪学，仍然吃安眠药睡觉，但也没有那么浪漫了。也许我们都想改变自己的生活，X说她现在健身，要保持健康的身体。她游泳、举重。

是你令我们再说起话来吗？有很长的时间，我们没有通话，由于种种复杂的情绪，我不想回到记忆，我没法面对记忆。那些尘封的盒子，里面有些幼稚的东西，里面有些美好的东西，里面有些可怕的东西……

但我真的要改变自己的生活，不能不改变了。像一个久病的人，尝试慢慢站起来。

我走到墙角，停下来，开始拆一些箱子。我拿出散乱的纸片，重读这些旧故事，我要把它重新改写，然后我才可以重新生活。我有那么多话要说，比方说：没有其他人会说的，你的故事，他的故事，她的故事，我的故事。

我们继续在筹备这装置艺术的展览。我们没有能力去规划整个城市，抵挡不了巨大的转变的力量。朴素的衣裙、瘦削的身躯，娃娃散落在不同的空间里，只在卑微的工作岗位上，做一个教师，做一个设计师，做一个司机或者花王，毫不自大，没有特权，总是被人占尽便宜。思索然后发言，语调并不铿锵。老是在那里思前想后，自己反省：做得怎样了？我应该怎样做?

我们轻易失去说话的权利，而且还不会带着大家假想的英雄气概呢。专制可能以不同的面目出现：你公司的经理、以权势压人的片商、滥用权力的文艺园丁、每天不负责任乱说话的专栏作家、一次说是为了应急的不民主的模拟选举、在生命里不断想寻找一个有权势的父亲的女人……可笑、琐碎、荒谬。

烦恼娃娃的旅程

完全没有炮火隆隆、火或血的比喻。缓缓地、无声无息地，身边涌现了无数强辩的象征、粗暴的修辞、简略的思考，都说是因为感情充沛。在这些说话交织的网络里你的话总容易被淹没，你到头来也会觉得难以启齿？你犹豫增删的文字可以成篇吗？

　　某一天，我又再收到 X 寄来的明信片。她又一次远去，她担心我是不是会变得辛酸愤慨了……是有这样的可能的。感谢朋友的提醒，也令我们不断自问。感谢 X，在表面的浪漫激情底下，她还是那个善良、正直的朋友。

　　我们继续在公园里髹上颜色，在栏杆那儿钉上木板。我装置的角落摆上电脑，继续在里面增删修改我的小说。我知道我私人的故事会不断被外面的言谈打断，记忆不断重塑，会有人坐到我的书桌上来，翻乱我的原稿、私人的空间与公共的空间互相渗透，无可避免地互相影响。我们不知自己的工作能做多少？两方面的地产商为各自的利益争辩不休，却希望我们做台好戏，以配合中秋佳节，张扬灿烂的灯色。外面俯临的大厦像两个穿盔甲的巨人。我们打开一张地图并在上面涂色，以虚构想象重新为它拆界和定界。空间阴影幢幢，暧昧不定。我们倒转亭台楼阁，而且在自己弄出来的迷宫中迷失了。餐厅和饭店林立的食街，转眼间变成时装名店坊；过去被认为是庄严的汇丰银行和前面的皇后像广场现在在星期天涌满了谈笑的菲律宾女佣；本来是欢乐的华洋杂处的兰桂坊却突然变成了灾难的场所，惹来严厉管束和限制的威胁；铁锤敲碎了墙壁，九龙城寨迁拆了，在那里长大的友人曾经觉得羞耻而否认了这出生地，又在日后浪漫地把它幻化成现代神话，而现在，一下子，城墙在我们眼前粉碎了……且让我们坐下来想想，可否在这些不断反复折射的形象光影间，寻找到一个属于我们的空间？

烦恼娃娃的旅程

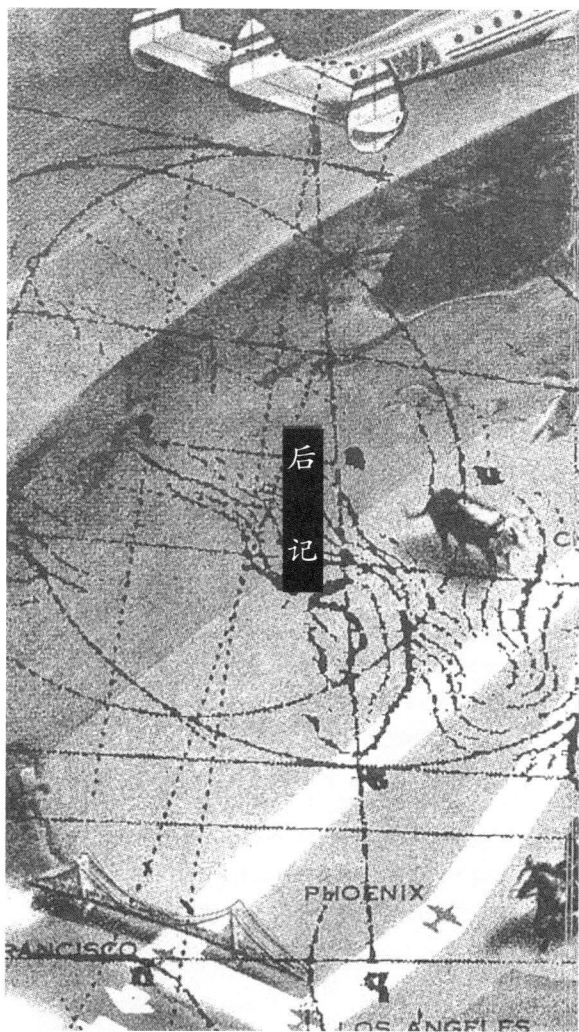

后
记

我一直想写一本小说，写香港，写在香港成长的一代，到外面去，又再回来。我想写他们如何通过与其他文化的接触，去反省自己成长的背景；在外面学习到一点什么，回来又如何面对现实的急剧转变。

九七将近，许多人想写大时代、戏剧性的传奇，我没有这样的野心，我只是想从一些比较熟悉的普通人物身上，看他们如何承受挫折、化解烦恼，在倾侧的时代自己探索标准、在混乱里凝聚某些素质。

最先驱使自己去写这么一个小说，也许是由于某种危机，个人的，还有是这个时代的。在写作的过程中，感到再现的手法也危机重重哩。我发觉写实的手法、单线的叙事，帮助不了我说要说的话，所以结果也无可避免地拂逆了一些规矩。初学写小说的时候，听人家说小说里不能发议论、小说要从一个贯彻的角度叙事、小说要有起承转合，但在自己这个尝试里，有时为了追踪一些感情和思想，也会忍不住越过了界线。我过去也写过比较戏剧性的情节、比较清晰的人物，这一次却是文字叙事的旅程，来回寻索意义，层层剖开感情，也许是更接近沉思、更接近抒情的小说吧。这在我是第一次，我这样写，因为我每次提起笔来，好像感到不能不这样写了。这是一本写了十年的小说。

最先是在一九八三年，我离港五年后重回香港，刚通过学位口试，打算回港写论文。回来以后，还未摊开书本，一下子却思潮起伏，动笔在报上写了个连载小说《烦恼娃娃的旅程》，小说里有我的感情也有我的想法，而且尝试打破文类的限制，好似从游记开始，却夹杂了散文和评论，也有虚构的小说、变奏的颂诗。写了几个月，写完了初稿。朋友里面，李国威和王仁芸两位也曾给我鼓励，说要帮我出版。我自己却觉得还有不足，还未做到我想要做的，但又说不上来是什么，决定还是先放下来，先搁搁再说。

这之后我回到美国完成论文，又再回来教书；这之后生活改变了，自己的想法也改变了。到有机会重看这叠原稿，已经是好几年以后，自己的想法有了距离，以前确信的，在现实变化中受到考验。但我又不想光是用今日的我去否定昨日的我，所以看完了一叠旧稿，只能把其中一两章重写，其他的，只能任它是个未完成的作品了。

要到一九九一年，我有机会在纽约半年，重游昔日旅途经过的城市，重温了昔日思索过的问题，才能比较平正地面对旧稿，保留昔日的想法，也同时写出今日的改观。

我重又提起笔来，开始修改也等于是重新写一个故事。今日的我和昨日的我不断商量交涉，我的难题是：不想光是怀旧，也不想粗暴否定旧我。怎样可以不光是删检过去未必成熟的实验（比方《回忆》一章尝试回环包围不断扩展的叙事方法），而是发展出一种更包容的结构，可以编织出更丰富的层次？整体来说，怎样可以把眼前所见目下所感，结合故人往事，而对双方都有意思？

我大刀阔斧重写了第三章，几乎等于写一篇全新的小说，刚好《今天》小说专号约稿，就以《没有舞台的演出》为名发表。自己觉得这方向还好，便又陆续重写几章。写作途中又发展出新的篇章，新写的第十章《城市》既有旧日城市的影子，但更多是今日香港的都市空间了。写成了在香港却不易找到园地发表，只好发在摄影刊物《挪移》上面，刊出以后，有董启章小说的响应，令我觉得到底还可以有对话，便也想写下去，结果这一章小说继续生长，再增加了差不多一半的篇幅。在"六月艺展"的会场，我装置了书桌和打印机，把小说输入电脑，左边是画框框起的文字，右边是打印出来的散乱的纸张，在这中间我尝试继续修改，也欢迎观众参与。这装置艺术要探讨的，也是我在香港的文化空间中要探讨的：开放与自律、公众与私人、权力与民主的种种关系。

夏天里有一天与张辉和黄碧云在《越界》的编辑部，起草一份针对艺术政策的声明。我刚好有打印好的第十章在手上，碧云拿来断断续续地看完了，说："咦，写的也是我们现在要说的问题呀！"张辉接过去说要发表在《越界》，但这稿太长了，放了几个月，现在《越界》也有自己的危机，不好意思占用他们的篇幅，我还是自己提出不要登了。好像小说里面写及的文化空间的问题，不仅是小说的内容，也是创作及发表过程反复面对的现实呢！

牛津大学出版社的林道群看了《今天》上的片段，以及其他几章，有意出版，对我是很大的鼓励。我也很高兴终于把全书完成，了却一件心事。小说在十年前开始，与我生活了一段时间，不同的经历令我反复重写，后半更大部分是新写了。第六、第七章延续下来，包容了今日的观念；第八章《男女》逐渐化成了一个梦境；整本小说最后完成的是全新的第九章《边界》，我也好像在不断跨过边界，对以前的旅程思前想后，像奥德赛那样再踏上归程，又再面对新的问题。

小说从回忆开始，却逐渐令我明白不能停留在记忆里。这好似是一个自疗的过程，或者是一个人花时间去弄清楚一点什么的过程。弄清楚什么呢？可又欲辩已无言了。过去有肯定的

烦恼娃娃的旅程

东西，后来也有否定；有对沉重的颂赞；也逐渐了解轻的理由；曾经相信稳定的素质，时间证明我也未尝没有飘忽的一面：我还清楚记得去过的城市、遇到的人物，但我也知道一切会继续变化。我重游巴黎，第一件事是在自动电梯上被人打了荷包。我写过的人物，我还会在不同的处境再遇他们。当日我为人物绘画肖像，是他们身上某些素质吸引了我，但当我走近，也会担心唐突，自觉写与被写的关系，并不想用文笔揭露私隐，宁愿留下空间，到头来总会把真实结合了虚构。

我一度好似找到答案，现在我知道更多问题。我尝试的叙事，也许未必是人们习惯的秩序，这旅程对我还是有意义的，也希望可以对其他人有意思。这小说写了十年，真似是意外迷途，流连忘返，但现在回想，又觉得真是需要十年时间，才能开始把说话理出头绪来。

（1993）